Paolo Cognetti, 1978 in Mailand geboren, verbringt seine Zeit am liebsten im Hochgebirge, und seine Erlebnisse in der kargen Bergwelt inspirieren den Mathematiker und Filmemacher zum Schreiben.
Für seinen internationalen Bestseller *Acht Berge*, der ins Aostatal führt, erhielt er u. a. den renommiertesten italienischen Literaturpreis, den Premio Strega.
Der Roman wurde für das Kino verfilmt und erhielt zahlreiche Preise. In *Das Glück des Wolfes* kehrt Paolo Cognetti zurück in die atemberaubende Hochgebirgswelt Italiens.

Das Glück des Wolfes in der Presse:

»Das Glück ist eben nur real, wenn man es teilt. Cognetti hat mit seinen Büchern einen Weg gefunden, sein Glück mit vielen Menschen zu teilen.« *Süddeutsche Zeitung*

»Es ist die Stärke von Paolo Cognetti, dass er nichts romantisiert und dennoch eine romantische Liebesgeschichte schreibt.« *Münchner Abendzeitung*

»Paolo Cognetti ist ein Meister der Naturbeschreibungen. Wie er die Berglandschaften beschreibt, die Tierwelt und auch die dort lebenden Menschen, ist einfach großartig.« *Bayerisches Fernsehen, Wir in Bayern*

PAOLO COGNETTI

DAS GLÜCK DES WOLFES

ROMAN

Aus dem Italienischen von
Christiane Burkhardt

 **PENGUIN** VERLAG

Die italienische Originalausgabe erschien 2021 unter dem Titel
La felicità del lupo bei Giulio Einaudi editore, Turin.

Questo libro è stato tradotto grazie ad un contributo alla traduzione assegnato
dal Ministero degli Affari Esteri e della Cooperazione Internazionale italiano.

Dieses Buch wurde übersetzt dank einer Übersetzungsförderung
des italienischen Ministeriums für auswärtige Angelegenheiten
und internationale Kooperation.

Zitat auf Seite 5 nach Lopez, Barry: Arktische Träume. Fischer Verlag.
Frankfurt (Main) 2007, S. 14.

Zitat auf Seite 188 nach Blixen, Tanja: Jenseits von Afrika. Manesse Verlag.
München 2017.

Penguin Random House Verlagsgruppe FSC® N001967

Während ich herumreiste, wurde mir klar, dass
die Wünsche und Hoffnungen der Menschen
ebenso zu dem Land gehören wie der Wind, die
in der Einsamkeit lebenden Tiere und die lichten
Flächen aus Fels und Tundra. Und auch, dass
das Land selbst unabhängig davon existierte.

BARRY LOPEZ, *Arktische Träume*

Inhalt

I

Ein kleines Restaurant

Fausto war vierzig und auf der Suche nach einem Neuanfang, als er Zuflucht in Fontana Fredda fand. Er kannte diese Berge von klein auf, und seine Schwermut, wenn er weit weg davon lebte, war mit ein Grund oder vielleicht sogar der *eigentliche* Grund für die Probleme mit der Frau, die er beinahe geheiratet hätte. Nach der Trennung hatte er sich dort oben eine Unterkunft gesucht und den September, Oktober und November damit verbracht, die Wanderwege abzulaufen, im Wald Holz zu sammeln und am Ofen zu Abend zu essen, vom Salz der Freiheit kostend und an der Bitterkeit der Einsamkeit knabbernd. Außerdem schrieb er oder versuchte es zumindest: Den Herbst über sah er, wie das Vieh von den Almen getrieben wurde, wie die Lärchennadeln gelb wurden und zu Boden fielen, bis ihm – sosehr er seine Bedürfnisse auch auf ein Minimum reduzierte – beim ersten Schnee die Ersparnisse ausgingen. Der Winter präsentierte ihm die Quittung für ein schwieriges Jahr.

Er hätte zwar jemanden in Mailand um einen Job bitten können, doch dann hätte er ins Tal hinabsteigen, sich ans Telefon klemmen und mit seiner Ex klären müssen, was in der Schwebe geblieben war. Eines Abends, kurz bevor er sich beinahe damit abgefunden hatte, geschah es, dass er sich bei einem Glas Wein alles von der Seele redete, am einzigen sozialen Treffpunkt von Fontana Fredda. Babette hinter ihrem Tresen verstand ihn nur zu gut.

Auch sie war aus der Stadt hergezogen, besaß immer noch den entsprechenden Akzent und eine gewisse Eleganz – doch wann das gewesen war und unter welchen Umständen? Er hatte keine Ahnung. Irgendwann hatte sie ein Lokal übernommen, an einem Ort, der außerhalb der Saison keine andere Kundschaft als Maurer und Viehbauern zu bieten hatte, und es *Babettes Gastmahl* getauft. Seither nannten sie alle nur noch Babette, und niemand wusste mehr, wie sie vorher geheißen hatte. Fausto hatte sich mit ihr angefreundet, weil er Tania Blixen gelesen hatte und die Anspielung verstand: Die Babette aus der Erzählung war eine Revolutionärin, die nach dem Scheitern der Pariser Kommune als Köchin in einem winzigen norwegischen Dorf voller Hinterwäldler gelandet war. Die hiesige Babette servierte zwar keine Schildkrötensuppe, war aber Anlaufstelle für verlorene Seelen und half, pragmatische Lösungen für existenzielle Probleme zu finden. Nachdem sie sich seine angehört hatte, fragte sie nur: »Kannst du kochen?«

Deshalb war er an Weihnachten immer noch da und hantierte mit Bottichen und Pfannen im Küchendunst.

Es gab auch eine Skipiste in Fontana Fredda. Jeden Sommer hieß es, sie werde geschlossen, doch jeden Winter nahm man sie doch wieder irgendwie in Betrieb. Mit einem Hinweisschild unten an der Abzweigung und mit ein wenig Kunstschnee, der auf die Weiden geschossen wurde, zog sie skibegeisterte Familien an und verwandelte die Bergbewohner für drei Monate in Sesselliftbetreiber, Beschneiungsverantwortliche, Schneeraupenfahrer und Bergretter – eine kollektive Kostümierung, an der jetzt auch er mitwirkte. Die andere Köchin war eine erfahrene Kraft. In wenigen Tagen brachte sie ihm bei, wie man kiloweise Wurst ausbrät, den Garprozess der Nudeln mit kaltem Wasser unterbricht, das Öl in der Fritteuse verlängert und auch, dass es Zeitverschwendung ist, stundenlang in der Polenta herumzurühren, weil sie ganz von selbst fertig wird, wenn man sie auf niedriger Flamme vor sich hin köcheln lässt.

Fausto war gern in der Küche, aber mit der Zeit erregte etwas anderes seine Aufmerksamkeit. Er hatte eine Durchreiche, durch die er die Teller in den Saal schob, und beobachtete, wie Silvia, die neue Kellnerin, Bestellungen entgegennahm und an den Tischen bediente. Keine Ahnung, wo Babette die aufgetrieben hatte. Sie war keine Frau, die man hier zwischen Gebirglern erwarten würde, so jung und fröhlich, eher der Typ Weltenbummlerin. Wenn man ihr dabei zusah, wie sie Polenta und Würste servierte, schien auch sie ein Zeichen der Zeit zu sein, wie eine außersaisonale Blüte oder wie der Wolf, der angeblich in die Wälder zurückgekehrt war. Zwischen Weihnachten und Heilige Drei Könige arbeiteten sie ohne jede Pause zwölf Stunden am Tag, sieben Tage die Woche, und machten sich dabei den Hof – sie, indem sie ihre Bestellbons an die Korkwand pinnte, und er, indem er nach ihr läutete, wenn die Teller rausgehen konnten. Sie neckten sich: »Zweimal Nudeln ohne Soße nach Art des Chefs«, sagte sie und darauf er: »Nudeln ohne Soße stehen nicht auf der Karte.« Die Teller und Skigäste kamen und gingen in einem solchen Tempo, dass Fausto die Dunkelheit draußen erst beim Töpfeauskratzen bemerkte. Dann hielt er kurz inne und musste wieder an die Berge denken, fragte sich, ob es dort oben gestürmt oder geschneit hatte, wie das Licht auf den großen sonnenbeschienenen Hochebenen jenseits der Waldgrenze wohl gewesen war und ob die Seen jetzt Eisplatten oder eher weichen, verschneiten Senken glichen. Auf 1800 Metern Höhe herrschte ein seltsamer Winterbeginn, es regnete und schneite, und schon am nächsten Morgen verflüssigte der Regen den Sulzschnee der Nacht wieder.

Eines Abends, als die Feiertage vorbei waren, die Böden feucht glänzten und das Geschirr getrocknet und gestapelt war, nahm Fausto die Kochschürze ab und ging auf ein Glas nach nebenan. Um diese Uhrzeit kam das Lokal zur Ruhe und lief mehr oder weniger von selbst. Babette legte Musik auf und ließ eine Flasche Grappa auf dem Tresen stehen, denn jetzt schauten auf der Suche nach etwas Gesellschaft die Schneeraupenfahrer vorbei, zwischen ihren Runden auf der Piste, bei denen sie die von den Skifahrern verursachten Löcher und Buckel einebneten, den nach unten geschobenen Schnee wieder hochbrachten und ihn dort, wo er gefroren war, zerfrästen, damit er wieder körnig wurde, ein ständiges Bergauf und Bergab in ihren Kettenfahrzeugen, endlose, dunkle Stunden lang. Silvia bewohnte ein Zimmer über der Küche: Gegen elf sah Fausto vom Tresen aus, wie sie mit einem Handtuch um den Kopf wieder herunterkam und sich einen Stuhl neben den Ofen zog, um dort einen ihrer dicken Wälzer zu lesen. Unwillkürlich drängte sich ihm der Gedanke auf, dass sie soeben aus der Dusche getreten war.

Währenddessen hörte er dem Schneeraupenfahrer zu, der von allen nur Santorso genannt wurde – wie der Heilige und die Schnapsbrennerei. Santorso erzählte ihm von der Birkhuhnjagd und vom Schnee. Von Schnee, der dieses Jahr auf sich warten ließ, von kostbarem Schnee, weil er die Höhlen der Vögel vor dem Eis schützte, von den Problemen, die ein schneeloser Winter für Rebhühner und Fasane darstellte. Fausto lernte gern dazu, trotzdem hätte er seine Kellnerin unter keinen Umständen aus dem Blick verloren. Irgendwann nahm Silvia das Handtuch vom Kopf, begann sich die Haare mit den Fingern zu kämmen und breitete sie vor dem Ofen aus. Sie waren so schwarz, lang und glatt wie die einer Asiatin, und die Art, wie sie sie kämmte, hatte etwas sehr Intimes. Bis sie sich beobachtet fühlte, von ihrem Buch aufschaute und ihm, die Finger noch in den Haaren, zulächelte. Fausto brannte der Grappa in der Kehle, als wäre er ein Teenager, der den ersten Schluck probiert. Kurz darauf nahmen die Raupenfahrer ihre Arbeit wieder auf, und Babette verabschiedete sich, erinnerte sie daran, dass einer von ihnen frühmorgens die Brioches aufbacken musste, nahm den Müll mit raus und ging nach Hause. Bereitwillig überließ sie ihnen die Schlüssel, die Liköre, die Musik und freute sich, dass ihr Restaurant auch Freundschaften stiftete, wenn sie nicht dabei war: eine kleine Pariser Kommune zwischen norwegischen Gletschern.

2

Die Liebenden

An diesem Abend war sie diejenige, die ihn mit nach oben nahm. Wäre es nach ihm gegangen, hätte das Tauwetter schon früher eingesetzt. In Silvias kleinem Zimmer kam die einzige Wärme von der darunter liegenden Küche, sodass das Ausziehritual ein wenig hektisch vonstattenging. Doch für Fausto hatte es etwas unglaublich Rührendes, nackt neben eine ebenso nackte wie zitternde junge Frau unter die Decke zu schlüpfen. Zehn Jahre hatte er mit ein und derselben Partnerin verbracht und ein halbes Jahr in der langweiligen Gesellschaft seiner selbst. Ihm war, als hätte er endlich wieder Besuch, als er diesen Körper neben sich im Bett erkundete: die untere Hälfte stark und robust, mit kräftigen Schenkeln und glatter, straffer Haut, die obere Hälfte knochig, mit kleinen Brüsten, und ansonsten überwiegend Rippen, Schlüsselbeine, Ellbogen, gefolgt von Wangenknochen und Zähnen, mit denen er kollidierte, als Silvia beim Sex etwas stürmischer wurde. Sie hatte die Geduld verloren, die man braucht, um die Vorlieben des anderen zu erkunden und ihm die eigenen nahezubringen. Zum Ausgleich hatte er die Hände voller Brandwunden, Schnittwunden, Putzmittelverätzungen und Schürfwunden von der verdammten Aufschnittmaschine, sodass ihr Ungestüm einen gewissen Widerhall in seinen rauen Liebkosungen fand.

»Du riechst so gut«, sagte er. »Nach Ofen.«

»Und du nach Grappa.«

»Stört dich das?«

»Nein, im Gegenteil, ich mag das. Grappa und Harz. Woher kommt dieser Geruch?«

»Von den Kiefernzapfen, die wir in den Grappa tun.«

»Ihr tut Kiefernzapfen in den Grappa?«

»Ja, von der Zirbelkiefer.«

»Und wann sammelt man die?«

»Ende Juli.«

»Dann schmeckst du nach Juli.«

Fausto gefiel diese Vorstellung, denn das war sein Lieblingsmonat: dichte, schattige Wälder, Heuduft von den Feldern, plätschernde Wildbäche und weit oben der letzte Schnee, jenseits der Geröllfelder. Er gab ihr einen Julikuss auf dieses entzückende hervorstehende Schlüsselbein.

»Und ich mag deine Knochen«, sagte er.

»Das freut mich. Seit siebenundzwanzig Jahren schleppe ich die nun schon mit mir herum.«

»Siebenundzwanzig? Die sind ganz schön rumgekommen.«

»Ein wenig schon, ja.«

»Erzähl! Lass hören, wo deine Knochen waren, mit neunzehn zum Beispiel.«

»Mit neunzehn war ich in Bologna und habe Kunst studiert.«

»Bist du Künstlerin?«

»Nein. Wenigstens das habe ich begriffen – dass ich keine Künstlerin bin, meine ich. Im Partymachen war ich besser.«

»In Bologna, das kann ich mir vorstellen. Hast du Hunger?«

»Ein bisschen.«

»Soll ich uns was holen?«

»Ja, aber nur, wenn du dich beeilst. Mir ist jetzt schon kalt.«

»Ich beeil mich.«

Er ging hinunter in die Küche, wühlte in den Kühlschränken, kam an dem kleinen rückwärtigen Fenster vorbei und sah, wie die Schneekanonen die Piste beschossen. Jede Kanone war mit einem Scheinwerfer ausgestattet, sodass der gesamte Hang über Fontana Fredda von diesem Feuerwerk erleuchtet war – Fontänen aus vernebeltem Wasser, das in Kontakt mit der Luft gefror. Er dachte an Santorso, der im Dunkel der Nacht Kunstschneehaufen einebnete. Mit Brot, Käse und Olivenpaste kehrte er ins Zimmer zurück und schlüpfte unter die Decke. Sofort schmiegte Silvia sich an ihn, sie hatte eiskalte Füße.

»Versuchen wir's noch mal«, sagte er. »Silvia mit zweiundzwanzig.«

»Mit zweiundzwanzig hab ich in einer Buchhandlung gearbeitet.«

»In Bologna?«

»Nein, in Trient. Eine Freundin lebt dort, Lilli. Nach Bologna ist sie wieder nach Hause zurückgekehrt, um sich selbstständig zu machen, und ich habe Bücher schon immer gemocht. Mit der Uni hatte ich inzwischen abgeschlossen. Als sie mich einlud zu kommen, musste ich nicht lange überlegen.«

»Und so bist du Buchhändlerin geworden.«

»Ja, für eine Weile. Es war eine schöne Zeit. Und dort hab ich auch die Berge entdeckt. Die Brenta.«

»Ach ja?«

Fausto schnitt eine Scheibe Brot ab, bestrich sie mit Olivenpaste und legte ein Stück Käse darauf. Er fragte sich, wie das wohl war, die Berge *zu entdecken*. Er führte das Häppchen an ihre Lippen, hielt aber mitten in der Bewegung inne.

»Dann verrate mir bitte, was du hier am Fuß des Monte Rosa zu suchen hast.«

»Ich suche nach einer Hütte.«

»Du auch?«

»Ich würde gern auf einer Gletscherhütte arbeiten. Den Sommer über. Kennst du welche?«

»Ein paar schon, ja.«

»Kann ich jetzt diesen Käse haben?«

Fausto hielt ihr das Brot hin.

Silvia machte den Mund auf und biss hinein. Er saugte den Duft ihres Haars auf.

»Eine Gletscherhütte«, sagte sie. »Meinst du, ich finde eine?«

»Warum nicht? Einen Versuch ist es wert.«

»Würdest du bitte aufhören, an mir herumzuschnüffeln?«

»Du schmeckst nach Januar.«

Silvia lachte. »Und wonach schmeckt der Januar?«

Ja, wonach schmeckte der Januar? Nach Ofenrauch. Nach verdorrten und gefrorenen Wiesen, die auf den Schnee warten. Nach dem nackten Körper einer jungen Frau nach langer Einsamkeit. Er schmeckte nach einem Wunder.

3

Der Bulle

Santorso mochte nicht nur die Abende, an denen er trank, sondern auch die Morgen, nachdem er getrunken hatte. Nicht übertrieben viel, nicht so viel, dass er litt, aber doch so viel, dass der Rausch bis zum Aufwachen anhielt. Er stand dann gern früh auf, um spazieren zu gehen, und bei diesen Runden waren seine Sinne einerseits betäubt, andererseits geschärft, so als träten manche Details in der allumfassenden Dunkelheit umso deutlicher hervor. An erster Stelle das Brunnenwasser: Er wusch sich das Gesicht im Freien und nahm einen eiskalten Schluck. Fontana Fredda besaß so einige Brunnen, einst ausnahmslos Viehtränken, mit Wasser, das sommers wie winters in derselben Temperatur hervorsprudelte und auf geheimnisvollen, unterirdischen Wegen von den Gletschern bis hierher gelangte. Sowohl das Wasser als auch das Dorf entsprangen einem breiten Plateau, das talwärts abrupt abbrach und dann in einem fünfhundert Meter langen bewaldeten Hang steil abfiel, bergwärts hingegen in Form von mehreren Sommerweiden sanft anstieg. Jetzt waren die Almen still und verlassen, die Ställe leer, die Badewannen auf den Wiesen umgedreht. Unter dem eintönig grauen Himmel sah Santorso, dass in schattigen Zonen ein Hauch Schnee liegen geblieben war, darin nächtliche Spuren. Die Fährte eines Hasen zwischen den Tannen, die des Fuchses, der bei den verrammelten Ställen herumgeschnüffelt hatte. Die Hufspuren der Hirsche, die aus dem Wald gekommen waren und sich bis zur asphaltierten Straße vorgewagt hatten, wo sie vom Streusalz angelockt worden waren. Von Wölfen war nach wie vor nichts zu sehen. Im Herbst waren sie bloß zwei Täler weiter gesichtet worden, weshalb er sich sicher war, dass sie kommen würden. Vielleicht waren sie auch längst da, aber auf der Hut und erkundeten noch die Lage. Wo der Schnee aufhörte, brachen auch die Geschichten ab, wie etwas, das er nur unzureichend kannte. Sein Vater hatte ihm mal einen Rat gegeben, den er stets zu beherzigen versuchte – »Kehre nie mit leeren Händen aus dem Wald zurück« –, und so sammelte er an diesem Morgen Wacholderbeeren und füllte die Tasche der Jägerjacke damit.

Es war Mittwoch, und auf den Pisten würden nur vereinzelt Skifahrer unterwegs sein. Er schaute beim Restaurant vorbei, aber Babette war noch nicht aufgetaucht. Es war bloß der Koch da, besser gesagt dieser Mann, der gar kein richtiger Koch war und nun allein in der stillen Küche herumwerkelte. Als er die Tür hörte, kam er zum Tresen und begrüßte ihn.

»Kaffee?«, fragte er.

»Du heißt also Fausto«, sagte Santorso. »Nein, besser Faus.«

»Faus?«

»*Falso cuoco*, Möchtegernkoch.«

Der Koch lachte amüsiert. Er füllte den Kaffeefilter, umschloss den Hebel und sagte: »Das passt perfekt.«

»Es scheint zu schneien, Faus.«

»Wurde aber auch Zeit.«

Babette kam mit dem Brotsack und den Zeitungen herein. Letztere ließ sie auf dem Tresen liegen, das Brot brachte sie in die Küche. Hinter ihr betrat der alte Viehbauer das Lokal, der in einem der tiefer gelegenen Häuser lebte. Das war eine schöne Zeit, zwischen acht und neun, wenn die Skifahrer noch nicht da waren und die Alten von Fontana Fredda bei Babette vorbeischauten, wenn über Heu und Milch gesprochen wurde, über Holzvorräte, über den Schnee von früher, der bis zu den Balkonen gereicht hatte. Fausto machte sich auch einen Kaffee, und Babette löste ihn am Tresen ab. Santorso warf ihr einen Blick zu und reckte mit einer Geste, die nur sie beide etwas anging, das Kinn. Sie stöhnte laut auf, griff zur Brandyflasche und gab einen Schuss in seine Tasse.

»Und, sind die Wölfe gekommen?«, fragte der Viehbauer.

»Sollen sie doch!«, erwiderte Santorso. »Wir heißen jeden willkommen.«

»Eines sag ich dir: Wenn die auch nur einem meiner Tiere ein Haar krümmen, greif ich zur Flinte.«

»Na super.«

»Du glaubst wohl, ich scherze.«

»Nein, nein, ich glaube dir.«

»Und was willst du dann machen, mich verhaften?«

»Ich? Ich habe ausgedient, ich verhafte niemanden mehr.«

Auch die junge Frau kam herunter, die neue Kellnerin. Sie holte eine Schürze unter dem Tresen hervor und band sie sich um. Dann schenkte sie sich ein Glas Leitungswasser ein und trank es in einem Zug aus, um sich gleich noch eines einzuschenken. Du hast aber Durst!, dachte Santorso.

»Ausgedient? Inwiefern?«, fragte Fausto.

»Ich war mal bei der Forstpolizei.«

»Bei der Forstpolizei? Bist du denn kein Jäger?«

»Das eine schließt das andere nicht aus.«

»Wer hätte das gedacht.«

Die junge Frau stellte Gläser aufs Tablett und ging die Tische eindecken. Im Vorbeigehen streifte sie Faustos Hand, was Santorso lieber nicht mitbekommen hätte. Das Liebesleben der Menschen interessierte ihn nicht. Das der Wölfe, Füchse und Birkhähne schon eher.

»Dann setz ich mal die Polenta auf«, sagte Fausto.

»Du hast dich lange genug gedrückt.«

»Du sagst es.«

Au revoir.

Santorso trank seinen Kaffee aus, ließ ein paar Münzen auf dem Tresen liegen und verabschiedete sich von Babette, die schon mit anderen Dingen beschäftigt war.

Den alten Viehbauern würdigte er keines Blickes. Draußen atmete er tief ein und dachte: Hier hatte jemand Sex heute Nacht. Und gleich darauf: Hach, riecht das gut, wenn es anfängt zu schneien! Mit dem angenehmen Geschmack von Kaffee und Brandy im Mund zündete er sich eine Zigarette an und überlegte, was er mit diesem Vormittag noch anfangen wollte.

4

Die Lawinen

Und ob es schneite! Innerhalb weniger Tage blieb der Schnee in den Obst- und Gemüsegärten liegen, auf den Holzschuppen, Misthaufen und Hühnerställen. Es war ein kompakter, nasser Schnee, der nichts mit Januarschnee zu tun hatte, begleitet von einem Wind, der ihn verwehte und an den Baumstämmen und Außentischen von *Babettes Gastmahl* festfrieren ließ. Da in diesem Lokal nicht viel angeordnet wurde, befand sich neben der Restauranttür eine Schneeschaufel für alle, die gerade daran dachten: Um drei Uhr nachmittags war es Silvia, die daran dachte. Sie ging nach draußen, begann, Terrasse und Treppe freizuschaufeln, und staunte, wie sehr sich Fontana Fredda verwandelt hatte.

Die bäuerliche Landschaft, die sie im Dezember vorgefunden hatte, ein etwas raueres, waldreicheres Ackerland, hatte sich über Nacht in einen borealen Landstrich verwandelt. Silvia schaute zur Straße, wo die Autos in ungeschickten Manövern ausparkten, ununterbrochene winzige Schleuderbewegungen. Menschen kehrten mit staksigem Gang von der Piste zurück, die Skier geschultert. Dort, wo Silvia aufgewachsen war, fiel nicht viel Schnee, und sie fragte sich, ob ihre Mutter jemals gesehen hatte, was sie jetzt sah. Ob es ihr gefallen hätte? Ob sie sich geschützt oder eher bedroht gefühlt hätte? Sie schaute zu, wie der Schneepflug vorbeifuhr, der die Straße bis zur Biegung hinter dem Restaurant räumte und einen meterhohen Schneehaufen auftürmte. Dann legte das Räumfahrzeug den Rückwärtsgang ein, und Silvia begriff, dass diese Barriere im Winter das Ende der Zivilisation darstellte: In die weiße Wüste dahinter wagte man sich nur auf eigenes Risiko, auf eigene Gefahr, und sie bekam Lust nachzuschauen, wie es dort aussah. Mehr noch als von der Skipiste fühlte sie sich von diesem unberührten Schnee angezogen.

Am Tresen wurden gerade süße Stärkungen eingenommen, heiße Schokolade nach einem Spezialrezept von Babette. Ein bisschen erinnerte sie Silvia an ihre Mutter: Sie servierte mit viel Elan, interessierte sich aber kein bisschen fürs Abräumen der schmutzigen Tassen. Silvia drehte eine Runde bei den Tischen, wich Skifahrern und Skifahrerkindern aus, belud ein Tablett und räumte die Spülmaschine ein. Nachdem die durchgelaufen war, stellte sie die Tassen zum Trocknen auf die Kaffeemaschine.

»Und, wie ist es draußen?«, fragte Babette, die vergeblich einen Sahnesiphon schüttelte.

»Es hat aufgehört zu schneien. Die Straße wurde geräumt.«

»Magst du Schnee?«

»Das weiß ich noch nicht. Du?«

»Wer nimmt den überhaupt noch wahr? Der Schnee bringt Arbeit. Meine Güte, wie ich schon rede!«

»Ist die Sahne alle?«

»Sieht ganz danach aus.«

»Ich hol dir neue.«

Silvia ging in die Küche, wo Dunst das einzige kleine Fenster beschlagen hatte. Die Köchin stand vor dem Crêpe-Eisen, Fausto vor dem Geschirrspüler, um das Mittagsgeschirr einzuräumen. Er lächelte ihr zu, die Stirn glänzend vor Schweiß. Eingehüllt in den Dampf der Maschine und umgeben von Stapeln schmutzigen Geschirrs, schaffte er es, vornehme Zurückhaltung zu wahren, so als wäre er gerade erst aus den Bergen gekommen, um kurz auszuhelfen.

»Ist dir heiß, Chef?«

»Das ist die reinste Sauna hier.«

»Lust auf ein Bier?«

»Warum nicht.«

Silvia ging mit der Schlagsahne zum Tresen und kehrte mit einem kalten Bier zurück. Fausto stellte den Geschirrspüler an, nahm ihr den Bierkrug ab und trank einen großen Schluck. Er hatte noch Schaum im Bart, als ein leises Donnern in die Küche drang, unüberhörbar trotz des Stimmengewirrs. Silvia horchte auf.

»Was ist denn das? Ein Gewitter im Januar?«

»Nein, eine Lawine.«

»So hören sich Lawinen an?«

»Manchmal. Wenn es zwei, drei Tage geschneit hat und anschließend wärmer wird, kommen sie runter.«

Da trat Silvia wieder auf die Terrasse, um sich die Lawinen anzuschauen. Sie betrachtete den gegenüberliegenden Hang, die Fontana Fredda zugewandte Nordseite des Berges. Erneut hörte sie dieses dumpfe Donnern, diesen Abgang, wenn auch leiser als vorher, und bemerkte einen Schneehaufen zwischen den Felsen. Anschließend in einer Wand einen anderen, der sie an einen Wasserfall erinnerte. Der Schnee gab fast überall nach, geriet dort, wo es zu abschüssig war oder sich zu viel davon angesammelt hatte, ins Rutschen und ging dann ab, der Form der Berge folgend, ihren Wänden und Rampen, um weiter unten zum Stillstand zu kommen. Nachdem sie eine Minute lang zugeschaut hatte, sah Silvia eine richtige Lawine in einer Rinne. Als Erstes bemerkte sie das Aufblitzen, und mit zeitlicher Verzögerung drang auch der Donner an ihr Ohr, tief und lang anhaltend. Man konnte ihn nicht wahrnehmen, ohne es ein wenig mit der Angst zu tun zu bekommen. Die Schneemassen stürzten ziemlich tief hinunter, gewannen stetig an Volumen und rissen alles mit sich, was ihnen im Weg war. Nachdem sie zum Stillstand gekommen waren, hinterließen sie einen dunklen Fleck an der Bergflanke, so als wäre von einer Mauer der Putz abgebröckelt. Silvia verschränkte die Arme vor der Brust und blieb stehen, um dieses ferne Gewitter zu beobachten.

5

Eine stürmische Nacht

Noch am selben Abend lud Fausto sie zu sich ein. Die Unterkunft, die er gemietet hatte, war ein Überbleibsel aus den Siebziger- oder Achtzigerjahren mit den typischen Spitzengardinen an den Fenstern, den in die Stuhllehnen geschnitzten Herzen und Edelweißstickereien. Sie erinnerte ihn an die Lifte im Tal, die gebaut worden waren, als es noch bis weit hinunter geschneit hatte, und die man jetzt auf den Wiesen verrosten ließ. Dennoch mochte er dieses Kaff, wie alle Orte, an denen man neu anfängt – Orte, die noch voller Verheißungen und frei von Enttäuschungen sind. Nichts darin gehörte ihm, bis auf die Bergschuhe auf der Schwelle, das eine oder andere Buch auf der Fensterbank, das kleine Kofferradio und das Heft auf dem Tisch. Silvia bemerkte es gleich beim Eintreten.

»Schreibst du?«

»Wenn ich Zeit habe.«

»Und was schreibst du so?«

Fausto holte das Buch von der Fensterbank, das er vor Jahren veröffentlicht hatte. Überwiegend Geschichten über Paare. Paare, die einander leid wurden, sich betrogen, sich verließen oder zusammenblieben, um sich nur noch mehr zu verletzen. Die Art von Geschichten, die ihn früher mal interessiert hatten und die ihm jetzt vorkamen, als hätte sie ein Fremder geschrieben. Silvia nahm den schmalen Band in die Hand.

»Damals hast du noch nicht als Buchhändlerin gearbeitet, oder?«

»Äh, nein.«

»Es war nur kurz lieferbar.«

»Wieso das?«

»Es hat sich nicht verkauft. Und dann ist der Verlag pleitegegangen.«

»Danach hast du nichts mehr geschrieben?«

»Keine Bücher.«

Sie wies mit dem Kinn auf das Heft. »Darf ich?«

»Wenn du's entziffern kannst.«

Fausto hatte ein Experiment gestartet, im Herbst. Mit dem Heft im Rucksack war er aufgebrochen, um zwei, drei Stunden später in den Bergen Rast zu machen, dort, wo ihn die Höhe inspirierte. Auf einem Felsen unter freiem Himmel versuchte er, in Worte zu fassen, was ihn umgab. Er merkte sofort, dass es noch viel zu lernen gab. Er kam sich vor wie ein Musiker, der das Genre, vielleicht sogar das Instrument gewechselt hat, und das fühlte sich gut an. Er wusste nicht, ob mehr aus diesen Seiten werden würde, aber es machte ihm Spaß, daran zu feilen. Außerdem war er es leid, über Männer, Frauen, die Liebe zu schreiben.

»Diese Szene mit dem Wildbach nachts«, sagte Silvia, »mit dem Hirsch, der näher kommt, um zu trinken … Ist dir das wirklich passiert?«

»Ja. Hin und wieder übernachte ich gerne draußen.«

»Du übernachtest draußen, einfach so?«

»Ich habe einen guten Schlafsack. Das ist eine Art Ritual, um das Ende des Sommers zu begehen. Mit einer Nacht im Freien verabschiede ich mich von ihm.«

»Das ist eine gelungene Seite.«

»Findest du?«

»Ja, die ist gut. Sie hat etwas Geheimnisvolles, lass sie so.«

Silvia in diesem Zimmer. Sein Heft in den Händen.

Später liebten sie sich so, wie sie sich gerade zu lieben lernten, auf die Weise, die zu der ihren werden sollte. Sie lauschten auf den Wind, der draußen erneut aufgefrischt war. Als Fausto Holz nachlegte, hörte er ihn im Kaminrohr pfeifen und sah die Flamme flackern. Ihm fiel ein, dass er noch irgendwo eine Flasche Wein hatte. Er holte sie und zwei Gläser und kehrte zurück. Silvia wartete auf ihn, sie hatte sich aufgesetzt und ans Kopfende gelehnt, den Pullover über die nackte Haut gestreift. Während Fausto Wein einschenkte, wollte sie hören, wie er Schriftsteller geworden war.

»Weißt du, wer mir das Leben ruiniert hat?«, sagte er. »Jack London. Nicht, dass ich mir eingebildet hätte, wer weiß was zu erzählen zu haben. Ich fand die Vorstellung bloß so aufregend: schreiben, trinken, mich mit dem einen oder anderen Job über Wasser halten, Schriftstellerfreundinnen haben.«

»Und wie sind die so, die Schriftstellerfreundinnen?«

»Durchgeknallt.«

Er gab Silvia ihr Glas und schlüpfte wieder zu ihr ins Bett. Dann sagte er: »Tja, aber mit zwanzig war es schön zu glauben, jemand zu sein, der seiner Berufung folgt.«

»Seiner Berufung?«

»Ich habe mein Studium abgebrochen, weil ich fest davon überzeugt war, dass mir die Uni nichts beibringen kann. Ich habe für mich gelesen, alles, was ich nur in die Finger bekam. Nachts schrieb ich dann. Oder in der U-Bahn, in der Bar: Das war meine Berufung.«

»So was hatte ich nie.«

»Nein?«

»Ich habe mich immer von bestimmten Menschen leiten lassen. Ein bisschen auch vom Zufall. Vielleicht bin ich ja der Berufung anderer gefolgt.«

»Hierher in die Berge bist du aber allein gekommen.«

»Hierher schon, ja.«

»Weißt du, was ich gemacht habe, kaum dass ich die Belege für dieses Buch in Händen hielt?«

»Was denn?«

»Ich bin zum Einwohnermeldeamt und hab mir einen neuen Personalausweis ausstellen lassen, unter dem Vorwand, ihn verloren zu haben. Bei ›Beruf‹ habe ich *Schriftsteller* eintragen lassen. Das Buch hatte ich als Beweis dabei.«

Silvia lachte. Fausto leerte sein Glas und trank auf die guten alten Zeiten.

»Doch dann hast du gar nicht mehr als Schriftsteller gearbeitet«, sagte sie.

»Ja und nein.«

»Will heißen?«

»Ich habe gelernt, mich durchzuschlagen.«

»Interessant. Und wie geht das?«

»Das ist eine zu traurige Geschichte für so einen schönen Abend.«

»Dann dürfte ich sie bereits kennen.«

Sie tranken und redeten, bis die Flasche leer war. Es war schön, aufzubleiben und sich mit Silvia zu unterhalten, fast genauso schön, wie Sex mit ihr zu haben. Selbst diese Touristenunterkunft bekam dadurch etwas Heimeliges und dieses Bett mit der weihnachtlichen Tagesdecke etwas von einem eigenen Bett: Auf einmal waren es ihre Kommoden, ihre Gläser, ihr Duft vom Sex in den Laken.

Silvia wurde langsam müde. Sie hatte sich auf die Seite gedreht, als sie sagte: »Ich hab mal so ein Geografiebuch für Kinder gesehen, dort in der Buchhandlung. Darin stand, dass ein Aufstieg von tausend Höhenmetern in den Alpen einer tausend Kilometer weiten Reise nach Norden entspricht.«

»Tatsächlich?«

»Ja, wegen des Klimas, wegen der Flora und Fauna und so. Da stand, dass sich das Klima von einem Höhengrad zum nächsten viel schneller ändert als von einem

Breitengrad zum nächsten, weshalb schon ein geringer Höhenunterschied mit einer langen Reise vergleichbar ist.«

»Schöne Idee.«

»Genau. Deshalb hab ich mir auch gedacht: Gar nicht mal so schlecht, wenn man ohne einen Cent in der Tasche die Welt bereisen will. Ich habe mir einen Atlas geschnappt und ein paar Berechnungen angestellt. Ich habe nach Berlin gesucht, um nur ein Beispiel zu nennen: tausend Kilometer. London: auch tausend Kilometer. Natürlich ist es nicht so, dass man sich nach tausend Höhenmetern in London oder Berlin wiederfindet, so läuft das nicht. Aber dreitausend Kilometer nördlich der Alpen, weißt du, was da liegt?«

»Was denn?«

»Der nördliche Polarkreis.«

»Der ist dreitausend Kilometer entfernt?«

»Glaubst du nicht?«

»Doch, eigentlich schon. Bei uns beginnen auf dreitausend Metern die Gletscher. Und der Nordpol, wie weit ist der weg?«

»Knapp fünftausend Kilometer.«

»Vergleichbar mit dem Gipfel des Montblanc.«

»Ganz genau. Wenn du den Montblanc oder den Monte Rosa besteigst, bekommst du einen ungefähren Eindruck davon.«

Fausto lachte. Silvia gähnte. »Und hier in Fontana Fredda, wo sind wir da?«, fragte er.

»Auf welcher Höhe liegt denn Fontana Fredda?«

»Tausendachthundertfünfzehn.«

»Lass mich mal überlegen. Wir müssten uns zwischen Dänemark und Norwegen befinden. Ungefähr in Oslo, würde ich sagen.«

»Oslo?«

»Oder vielleicht etwas weiter nördlich.«

»Tja, wenn erst einmal auf der ganzen Welt der Meeresspiegel steigt, werden alle diese Täler zu Fjorden.«

»Fontana-Fredda-Fjord.«

Ein Windstoß ließ die Fensterläden klappern und unterbrach ihr Gedankenspiel. Fausto stand auf, um sie zu schließen, und sah, wie seine alte Nachbarin einen Schubkarren durch die Gasse zwischen den Häusern schob. Sie lief nicht sehr aufrecht. Wind und Schnee bereiteten ihr Probleme.

»Ich geh mal kurz raus.« Er zog sich einen Pulli an, Hose und Schuhe, aber weder Strümpfe noch Unterhose, und ging hinaus. Er musste die Stimme erheben, um von der Frau gehört zu werden.

»Gemma, ciao!«

»Guten Abend.«

»Was machst du da?«

»Ich hole Heu.«

Sie holte Heu, so als wäre das um diese späte Stunde das Normalste von der Welt. Mitten in einem Sturm, der Schnee aufwirbelte und Gerätschaften von den Balkonen fegte. Mit über achtzig hielt Gemma noch eine Kuh in dem kleinen Stall unter ihren Wohnräumen, melkte sie und ließ sie jedes Jahr besamen, nachdem man ihr mit den Jahren eine nach der anderen weggenommen hatte.

»Warte, lass dir doch helfen!«

»Nicht nötig.«

»Komm schon, so mach ich ein bisschen Sport.«

Er nahm ihr den Schubkarren ab und schob ihn bis zu einer Wellblechhütte. Vom Wald her hörte man das Krachen, mit dem die Zweige im Sturm brachen. Er nahm zwei Heuballen vom Stapel und begleitete Gemma nach Hause, wo er den Schubkarren unter dem Giebeldach abstellte. Dann packte er einen der Ballen an den zwei Schnüren, die ihn zusammenhielten, und drückte die Stalltür auf. An den Gestank, der ihm entgegenschlug, konnte er sich einfach nicht gewöhnen: In dem nur von einer schmutzigen Funzel erhellten Raum, zwischen den mit Kuhmist verkrusteten Wänden und den Fliegenstreifen, die schon ganz schwarz waren vor toten Insekten, hielt er die Luft an. Die Kuh drehte sich um und schaute ihn an, ihr Schwanz war mit einer Schnur hochgebunden. Überall im muffigen Heu flogen Hühnerfedern herum, und in einem viel zu kleinen Käfig hockte ein Kaninchen.

»Brauchst du sonst noch irgendwas, Gemma?«

»Nein, nein. Danke, danke.«

»Dann gute Nacht.«

»Auf Wiedersehen.«

Draußen holte er tief Luft, um den Gestank aus der Nase zu bekommen, und kehrte dann nach Hause zurück. Vor der Tür schlug er die Stiefel gegeneinander, um den Schnee von den Sohlen zu lösen. Im Zimmer stellte er fest, dass Silvia eingeschlafen war, das Kissen unter der Wange und eine Hand unter dem Kissen – in genau der Haltung, in der sie noch kurz zuvor mit ihm geredet hatte. Ihre Haare waren aufgefächert und die Lippen blaurot vom Wein. Da war sie, seine Polarforscherin: Fausto zog sich aus und legte sich neben sie ins Bett. Weil er noch nicht müde war, dachte er an das Meer, das Meer, das eines Tages das Tal fluten und auch die Dörfer aus Holz und Stein umspülen würde, an die Berghütten, die zu Fischerhütten werden würden, an das dann herrschende Licht und die salzige Luft, während der Nordwind da draußen gar nicht mehr aufhören wollte, über den Fontana-Fredda-Fjord zu peitschen.

6

Der entwurzelte Wald

Es waren nicht nur Zweige, deren Krachen er an jenem Abend gehört hatte. Ganze Bäume waren umgestürzt. Als Santorso ihm vorschlug, die Schäden gemeinsam zu begutachten, lieh er ihm auch Skier mit Steigfellen, die Fausto noch nie zuvor benutzt hatte. Jenseits des Schneehaufens am Ende der Straße zogen sie sie auf. Von den Fellen war nur noch der Name geblieben: Es waren Kunstfaserstreifen, die man unter die Skier klebte, damit diese in Faserrichtung gleiten konnten und gegen die Faserrichtung blockierten. Santorso zeigte ihm, wie er in die Bindung steigen und die Steighilfe einstellen musste, aber darüber, wie man sich mit den Fellen fortbewegte, verlor er kein Wort.

»Ich hab seit den Achtzigern niemanden mehr in Jeans Ski fahren sehen«, sagte er nur.

»Ich besitze nichts anderes.«

»Solltest du von einer Lawine begraben werden, wird man dich für ein Museumsstück halten.«

Dann brach er auf. Der Schnee war hoch und unberührt, und Santorso folgte ein Stück dem Straßenverlauf, leichtfüßig, als liefe er auf Eis. Fausto versuchte, seine Bewegungen nachzuahmen und Schritt zu halten, aber er kam sich fast noch ungeschickter vor als mit Schneeschuhen. Seine Schrittlänge war zu kurz, und er hätte die Füße gern gehoben, statt sie nach vorne zu schieben. Santorso verwendete die Lehrmethode der Gebirgler: Er lief einfach weiter. Bis zu der Stelle, wo ein umgestürzter Baumstamm den Weg versperrte. Dort verließ er die Straße und bückte sich, um die Steighilfe zu verstellen, anschließend marschierte er weiter den Hang hinauf und drang in den Wald ein.

Es waren die Lärchen, die dem Wind nachgegeben hatten. Obwohl sie mehr Schnee trugen, hatten die Tannen standgehalten. Einige Waldkiefern waren mitsamt Wurzeln heruntergekommen, ausgerissen wie Topfpflanzen, aber unter den Lärchen hatte ein regelrechtes Massaker stattgefunden. Viele waren auf halber Höhe gebrochen, zwei, drei Meter über dem Boden, und der Wald war voll von Baumstümpfen. Die Stämme standen quer oder lagen im Schnee, die kahlen Äste in die Erde gebohrt. Die Mischung aus Schnee und überall verstreuten Nadeln, aus Schnee und zerbrochenen Ästen, aus Schnee und aufgewühlter Erde verlieh dem Wald etwas so Unheimliches, als hätte ihn jemand verwüstet. Nach einigen anstrengenden Umwegen reichte es Santorso: Er schnallte die Skier ab, steckte sie in den Schnee und setzte sich auf einen umgestürzten Baumstamm. »*Dio faus*«, sagte er, was »falscher Gott, Gott, den es nicht gibt« bedeutete. Er zündete sich eine Zigarette an, während Fausto mühsam zu ihm aufschloss.

»Weißt du, wie lange es dauert, hier aufzuräumen?«

»Wie lange denn?«

»Jahre. Und so sieht es im ganzen Tal aus.«

»Aber man kann doch wenigstens das Holz nutzen, oder?«

»Das wage ich zu bezweifeln. In diesem Wald gibt es keinen einzigen gerade gewachsenen Baum. Am Ende wird man noch dafür zahlen müssen, dass es abtransportiert wird.«

Fausto wusste nicht, was er sagen sollte. Die Schwermut hatte Santorso gepackt, so als wäre er höchstpersönlich angegriffen und misshandelt worden. Er nahm einen Zug von seiner Zigarette und sagte: »So ist das, Faus. Wölfe und Wind.«

»Der arme Wald.«

»Der hat noch nie was getaugt.«

»Ach ja?«

»Den haben unsere Alten angepflanzt, vorher war das alles Weidefläche. Aber er ist nie richtig gediehen. Es reicht eben nicht, Bäume einzusetzen und sie dann wachsen zu lassen, so einfach ist das nicht.«

»Wie ist es dann?«

Santorso brach ein Stück Rinde von dem Stamm, auf dem er saß, außen grau und rissig, innen rötlich. Sie besaß die Farbe von etwas Lebendigem.

»Als wir noch Kinder waren, hat man uns beigebracht, nicht auf Lärchen zu klettern. Die *brenga* bricht leicht.«

»*Brenga* ist Lärche?«

»Ja.«

»Und worauf darf man dann klettern?«

»Auf die Tanne. Sie hat ein biegsames Holz, das nicht bricht. Siehst du, dass alle stehen geblieben sind? Nur leider pflanzt niemand Tannen an, die sind nichts wert.«

»Schade.«

»Die Lärche ist hart und rentabler, aber sie lässt die Kinder stürzen und bricht im Sturm. *Dio faus.*«

Fausto staunte wirklich über diesen Gebirgler. Nach einer Weile sagte er: »Hat es dir bei der Forstpolizei nicht gefallen?«

»Die Arbeit im Wald schon.«

»Aber?«

»Irgendwann wurde es immer mehr zu Polizeiarbeit. Das hat mir dann nicht mehr gefallen.«

Santorso drückte die Zigarette im Schnee aus. Mit einem entschiedenen Ruck löste er die Felle von den Skiern, rollte sie zusammen und verstaute sie in seiner Jacke. »Bewahr sie im Warmen auf, wenn du sie noch mal verwenden willst. In der Kälte hält der Klebstoff nicht.«

»Ich steig lieber zu Fuß ab. Wo soll ich sie hinterlegen?«

»Behalt sie, behalt sie ruhig. So bekommst du etwas Übung.«

Santorso warf die Skier zu Boden und schlüpfte hinein wie in alte Pantoffeln. Er fixierte die Bindung für die Abfahrt und griff zu den Stöcken. Dann sauste er zwischen den umgestürzten Bäumen davon, und trotz des Massakers war es eine Freude, ihn durch den frischen Pulverschnee fahren zu sehen.

7

Babette und die Flugzeuge

Es kamen die kalten, leuchtenden Tage, die Babette einst so geliebt hatte, die Krönung des Winters, wie sie das insgeheim nannte, was etwas ganz anderes war als »tiefster Winter«. Frühmorgens zehn, fünfzehn Grad minus, dazu der überfrorene, unter den Füßen knirschende Schnee, die Gebirgskämme in der Ferne, die sich wie gleißende Klingen von einem so knallblauen, klaren Himmel abhoben, dass man von Fontana Fredda aus mit bloßem Auge die Tragflächen und Tanks, ja sogar die aneinandergereihten Bullaugen der Flugzeuge mit dem Ziel Paris erkennen konnte. Flugzeuge, die in der Sonne glitzerten. Wenn sie über sie hinwegzogen, fragte sich Babette manchmal, ob man von dort oben wohl Fontana Fredda sah. Vielleicht war das ja der Moment, wenn der Pilot die Passagiere auf das Matterhorn oder den Montblanc aufmerksam machte oder irgendein Passagier von seinem Frühstück aufschaute, auf halber Strecke zwischen zwei Weltstädten verschneite Täler sah und dachte: Schau nur, die Alpen.

Einst war sie hier einfach bloß glücklich gewesen, niemals hätte sie mit diesem zerstreuten Reisenden tauschen wollen. Jetzt war sie sich da nicht mehr so sicher. Sie zerrte den Brotsack aus dem Geländewagen, griff zu den Zeitungen und zählte die Autos an der Sesselliftstation. Parkten sie bis zu den Mülltonnen, hatte sie ihren Lebensunterhalt für heute verdient. Parkten sie bis zu Gemmas Heuschober, würde das Restaurant voll. Sie musste Gemma mal wieder besuchen und ihr Polentareste für die Hühner bringen, vielleicht auch ein Stück Kuchen und die eine oder andere Mandarine. Der Sack war zu schwer, um ihn zu tragen, sodass sie ihn einfach durch den Schnee schleifte, dann die Stufen hinauf und quer über die Terrasse bis in die Küche.

Mit Fausto legte sie das Tagesmenü und das Arbeitermenü fest, wie sie es nannten, das Mittagessen für die Skiliftmitarbeiter. Zwölf Menüs zum Festpreis von jeweils zehn Euro: Vorspeise, Hauptspeise, Beilage, Brot und Kaffee. Fausto wollte einfach nicht akzeptieren, dass sie stets dasselbe aßen.

»Wie wär's mit Zucchini als Beilage?«, schlug er vor.

»Die Zucchini lassen sie liegen, und anschließend werfen wir sie weg.«

»Und wie wär's mit Risotto statt Nudeln? Mit Radicchio und Lauch.«

»Vergiss es.«

Es gab stets Nudeln, Fleisch, Kartoffeln und Käse; man musste das Fleisch nur durch ein Omelett ersetzen, und schon wurde an den Tischen gemeutert. Genau das war

Babette allmählich leid, denn egal, was man sich einfallen ließ, um dort oben für etwas Abwechslung zu sorgen, es wurde mit Gleichgültigkeit, wenn nicht gar Feindseligkeit quittiert. Bis man aufgab und es erst gar nicht mehr versuchte – angefangen von der Blumenzucht auf der Terrasse über Gemüsegerichte als Teil des Arbeitermenüs bis hin zur Organisation einer Theateraufführung.

Der alte Viehbauer saß an seinem üblichen Tisch und fragte sie: »Und, hast du gesehen, wie stürmisch es ist?«

»O ja.«

»Von einem Sturm, der die Wälder flachlegt, hab ich noch nie gehört.«

»Wenigstens er legt was flach.«

»Hä?«

»Nichts, war bloß ein Scherz. Kaffee?«

Um elf Uhr Mittagessen mit Silvia. Fausto aß nicht zu Mittag – sonst vergehe ihm die Lust am Kochen, wie er sagte, trotzdem dachte er sich gern etwas Originelles für die beiden Frauen aus. An diesem Tag waren es Orecchiette mit frischen Tomaten, Ziegenricotta und Bergthymian. Wo er im Februar wohl frische Tomaten aufgetrieben hatte? In Fontana Fredda war das so, als kostete man von einer exotischen Frucht.

Beim Essen wollte Silvia mehr über Babettes legendäre Ankunft im Tal erfahren, im Sommer vor fünfunddreißig Jahren. Diese Geschichte begeisterte sie, so als erzählte man ihr von der Geburt des Punk oder vom Mauerfall in Berlin.

»Nun«, sagte Babette, »es ist schließlich nicht so, dass

ich damals in Mailand groß was verpasst hätte. Ich bin einfach zu spät geboren worden. Die Siebziger waren aus und vorbei, und meine Freunde hatten nichts als das Stadion oder Heroin im Kopf.«

»Das Stadion?«

»Klar. Samstags setzte man sich einen Schuss und sonntags ging man ins Stadion, ab und an mal auf ein Konzert. Einfach nur traurig. Wisst ihr was?, hab ich mir da gedacht: In diesem Sommer geh ich auf die Alm, Kühe melken und Mist schaufeln.«

»Und danach bist du nie mehr zurückgekehrt.«

»Letztlich nicht. Wer hätte das gedacht.«

»Aber da war doch bestimmt ein Mann im Spiel.«

»Allerdings.«

»Und wie war der so?«

»Nicht unbedingt schön, aber dafür ziemlich wild. Auf der Alm gab es ein Maultier, auf dem er mich mitnahm, sobald wir eine Stunde frei hatten. Dann sind wir so schnell wie möglich abgestiegen, um uns hinter einem Felsblock zu lieben. Was für eine Kälte.«

»Und deine Eltern?«

»Die Ärmsten! Einmal die Woche ging ich ins Tal, meine Mutter anrufen, um ihr zu sagen, dass es mir gut geht. Die schrie und drohte, ich wäre noch minderjährig, sie würde mich von der Polizei abholen lassen. Darauf hab ich nur gesagt, meine Telefonmünzen wären alle, und aufgelegt.«

»Und mit dem wilden Mann, wie ist das auseinandergegangen?«

»Wie es mit Gebirglern eben so auseinandergeht.«

»Und zwar?«

»Die haben so eine Wut in sich, die sich früher oder später Bahn bricht. Meist unter Alkoholeinfluss. Wenn ich dir einen Rat geben darf, dann mach mit ihnen, was du willst, aber heirate sie nicht.«

»Ich denk gar nicht daran.«

»Sehr gut.«

Pünktlich um zwölf kamen die Gebirgler in den Uniformen, die sie als Sesselliftmitarbeiter auswiesen. Sie hatten wenig Zeit und viel Hunger, es war keine gute Idee, sie länger als fünf Minuten warten zu lassen. Silvia brachte schon mal Brot und Käse, während Fausto die Nudeln aufsetzte und die Koteletts briet. Babette beobachtete die Männer manchmal: Da sie nur Wasser trinken durften, schnitten sie sich ein Stück Käse ab und kauten lustlos darauf herum, als schmeckte er nach nichts. Früher einmal hatte sie Wein angeboten, aber vor einigen Jahren war die Direktion der Liftanlagen strenger geworden. Als Letzter kam der herein, der oben an der Bergstation arbeitete, auf 2300 Metern, Sonne und Wind ausgesetzt. Der Winter in dieser Höhe hatte Spuren in seinem Gesicht hinterlassen, die Haut über den Wangenknochen war sonnenverbrannt, und um seine Augen hatten sich Falten eingegraben. Als er die Tür zum Lokal aufriss, rief er: »Hugh, ihr Bleichgesichter!«

Babette konnte sich ein Lachen nicht verkneifen. Etwas an diesen Menschen erfüllte sie noch stets mit

Zärtlichkeit. Ob es in Paris wohl Sioux-Krieger gab? Der Häuptling setzte sich zu den anderen Mitgliedern seines Stammes, Silvia trug die Nudeln auf, dann trudelten langsam auch die Skifahrer mit den Stiefeln, den Helmen, den Overalls sowie den hungrigen Kindern ein, und Babette setzte sich hinter die Kasse, um abzurechnen.

8

Die Haare

Eines Abends schlug Faustos Laune wegen eines Telefonanrufs um. Er war lange in der Küche gewesen, und Silvia hatte weder die Absicht zu fragen, mit wem er gesprochen hatte, noch, worüber. Sie wollte nichts über seine ehemalige Freundin wissen.

»Wenn du keine Lust hast, können wir auch was anderes machen«, sagte sie.

»Entschuldige.«

»Du brauchst dich nicht ständig zu entschuldigen.«

»Tu ich das? Es scheint mir zur Gewohnheit geworden zu sein.«

Draußen schneite es erneut, aber in der Wohnung war der Ofen eingeheizt, und es war schön, nackt unter der Bettdecke zu liegen. Sie streichelte sein Bein mit dem Fußrücken und nahm eine Hand – den Körperteil, den sie an ihm am liebsten mochte. Er hatte sich einen Holzspreißel eingezogen, und sie küsste ihn genau auf die Stelle.

»Vielleicht bin ich bloß den Winter leid.«

»Ist es dafür nicht ein bisschen früh?«

»Es ist März, und ich will endlich wieder Grün sehen. Ich will angeln gehen, in einem Wildbach baden.«

»Kannst du angeln?«

»Nein.«

»Wollen wir ein Bad nehmen?«

»Dafür ist nicht genug heißes Wasser da.«

»Und um mir die Haare zu waschen? Willst du sie mir waschen, mit diesen schönen Händen?«

Um so etwas ließ sich Fausto nicht zweimal bitten: Sofort stand er auf und schlüpfte in seine Hose. Er legte Holz nach, füllte einen Topf mit Wasser und erhitzte es. Er trug einen Stuhl ins Bad, hängte ein Handtuch über die Lehne, ließ Silvia darauf Platz nehmen und bat sie, den Kopf in den Nacken zu legen, ins Waschbecken. Alles ganz professionell. Dann goss er Wasser über ihr Haar: Es war voll und dick, beim Einshampoonieren entstand jede Menge Schaum.

»Hab ich dir schon erzählt, dass ich vielleicht eine Hütte gefunden habe?«

»Wirklich? Welche denn?«

»Sie heißt Quintino Sella.«

»Die Quintino Sella auf dem Monte Rosa?«

»Ich denke schon. Babette ist mit dem Pächter befreundet, ich habe heute Morgen mit ihm gesprochen.«

»Aber die kenn ich gut, die Sella-Hütte.«

»Ach ja?«

Fausto tauchte die Finger in den Schaum, massierte,

überlegte kurz, massierte erneut und sagte dann: »Die Quintino-Sella-Hütte am Felik auf 3585 Metern. Beim ersten Mal dürfte ich acht oder neun Jahre alt gewesen sein.«

»Was ist der Felik?«

»Der Name eines Gletschers.«

»Mit acht haben sie dich da raufgeschleift?«

»Ja, das war ganz normal. Es gab dort auch andere Kinder. Anfangs ging es nur bis zur Schutzhütte, Auf- und Abstieg an einem Tag. Als ich dann etwas älter war, haben wir dort übernachtet, um am nächsten Morgen den Castor zu besteigen.«

»Den Castor?«

»Das ist ein Hochgipfel im Monte-Rosa-Massiv. 4226 Meter. Einer der schönsten.«

»Weißt du bei allen auswendig, wie hoch die sind?«

»Wer könnte das je wieder vergessen? Die Namen, die Höhenmeter – du weißt ja, wie Kinder so ticken.«

Fausto nahm den Duschkopf und begann zu spülen. Als er spürte, dass das Wasser kälter wurde, hielt er inne. Der Elektroboiler schaffte Silvias Haare nicht. Anschließend trug er den Conditioner auf, den Silvia ihm gegeben hatte.

»Mach ich mich gut als Friseur?«

»Ausgezeichnet. Erzähl mir mehr vom Castor.«

»Man erreicht ihn über einen Bergkamm, vom Colle di Felik aus, dem Felikjoch. An einigen Stellen ist er ein messerscharfer Schneegrat, der zu beiden Seiten hin steil abfällt, Richtung große, klaffende Felsspalten. Man bekommt von klein auf beigebracht, dass man sich sofort auf die andere Seite werfen muss, wenn der Seilpartner auf der einen Seite abstürzt, sonst wird man mit in die Tiefe gerissen.«

»Ist dir das schon mal passiert?«

»Nur zum Spaß. Einmal hat uns der Bergführer gesichert und versucht, uns dazu zu bringen, es auszuprobieren. Ein Junge auf die eine und ich auf die andere Seite.«

»Hilfe!«

»Wahnsinnig aufregend.«

Fausto ging in die Küche und kehrte mit dem Topf heißen Wassers zurück. »Jetzt den Kopf weit zurücklegen.«

»So?«

»Ja. Mach die Augen zu.«

Er goss das Wasser direkt aus dem Topf, ganz langsam, wobei er ihn an den Henkeln hielt.

»Aaah«, sagte Silvia, »herrlich.«

»So, fertig. Die Polarforscherin hat gewaschene Haare.«

»Danke, Chefkoch.«

»Ich bin nicht mehr Chefkoch. Ich bin *coiffeur.*«

»*Alors merci, mon coiffeur.*«

Anschließend setzten sie sich an den Ofen in der Küche. Fausto legte Holz nach, und sie begann, sich mit ihrer bewährten Methode die Haare zu trocknen. Dazu öffnete sie die Ofentür, brachte Strähne für Strähne ans Feuer und kämmte sie mit den Fingern der einen Hand in der Innenfläche der anderen. Sie ließ sie nur wenige

Sekunden dort, bevor sie Feuer fingen. Die Haare dampften.

»Felik«, sagte Fausto. »Einst war das der Name einer Stadt. Eines Tages tauchte ein Fremder dort auf. Er klopfte an sämtliche Türen, aber niemand wollte ihn aufnehmen, weshalb er beim Abschied eine Verwünschung ausstieß: ›Auf diese Scheißstadt soll es schneien, morgen, übermorgen und immer so weiter, bis sie vollständig unter Schnee begraben ist.‹ Und deshalb gibt es statt der Stadt Felik heute einen Gletscher.«

»Geschieht ihr ganz recht! Bist du schon lange nicht mehr oben gewesen?«

»Das dürfte jetzt fünfundzwanzig Jahre her sein.«

»Wenn sie mich nehmen, besuchst du mich dann?«

»Natürlich.«

»Ist es weit bis dorthin?«

»Warte, ich zeig's dir.«

Fausto suchte nach der Karte im Maßstab 1:25000 und breitete sie auf dem Boden aus. Die Quintino-Sella-Hütte befand sich ganz oben am Rand, am Fuß der großen Gletscher des Monte-Rosa-Massivs. Jeder Gletscher hatte einen eigenen Namen: Verragletscher, Felikgletscher, Endregletscher, Lisgletscher. Die Schutzhütte war durch zwei schwarze Quadrate gekennzeichnet.

»Warum sind es zwei?«

»Das andere ist die alte Schutzhütte. Sie haben sie neben der neuen stehen lassen.«

»Wie alt ist die genau?«

»Die dürfte aus dem neunzehnten Jahrhundert sein.

Vielleicht ist sie auch schon mal wiederaufgebaut worden, keine Ahnung. All diese Schutzhütten sind zigmal abgebrannt, Blitze haben sie abgefackelt, Lawinen mitgerissen. Ich kann mich noch erinnern, dass mal eine Biwakschachtel vom Wind weggefegt wurde, nur weil irgendjemand die Tür offen stehen ließ. Als man dann im Frühjahr zurückkam, gab es keine Biwakschachtel mehr.«

»Echt wahr?«

»Das sind so Geschichten, die mir mein Vater erzählt hat.«

»War er Bergsteiger?«

»Ja, Hobbybergsteiger.«

Fausto lachte. Beim vielen Reden über Gletscher und Schutzhütten hatte er sein Telefonat ganz vergessen. Er schaute auf die Karte und sah, dass am unteren Rand, genau entgegengesetzt zur Quintino-Sella-Schutzhütte, auch Fontana Fredda abgebildet war. Wenn die Karte ungefähr einen Meter hoch war, trennten sie etwa zwanzig Kilometer Luftlinie. Ihm kam eine Idee, die er weiterverfolgen musste, und er zeigte Silvia den Weg zur Hütte. Das Feuer schimmerte in ihren schwarzen Haaren, und auf der Karte war der Gletscher weißblau, von feinen hellblauen Adern durchzogen.

9

Eine Raupe und zwei Hähne

Santorsos Winter endete eines Samstags im März bei Einbruch der Dunkelheit. Nach dem Mittagessen hatte er geschlafen, was selten vorkam, und war müde aufgewacht, ein bisschen daneben. Um fünf war er bei der Garage und betankte die Schneeraupe, während ein paar unermüdliche Skifahrer, die Nachteulen, die Freunde des Nachmittags, auf ihrem letzten Weg nach unten noch Kurven in den Pappschnee malten. Jetzt, gegen Ende der Saison, gab der Schnee schon um die Mittagszeit nach, um sich später in Matsch zu verwandeln: Santorso war, als flehte er förmlich darum, wieder zu Wasser werden, die Erde benetzen und ins Tal fließen zu dürfen. Er sah, wie der Sessellift mit seinen leeren Sitzen stehen blieb, kletterte in die Kabine und freute sich über die Heizung, den gepolsterten Sitz und den vibrierenden Motor, der ihm den Rücken massierte. Nach dem letzten Skifahrer kam der Pistenwart, um das Gebiet zu schließen, die Pfosten und Schilder zu entfernen und zu kontrollieren, dass niemand mehr da war. Über Funk lauschte er dem Kollegen hinter ihm, betätigte das Steuerhorn für die Raupenketten und fuhr los. Unten war die Piste nur noch Pampe, voller dunkler Flecken: In den letzten Wochen der Saison würde seine Arbeit einzig und allein darin bestehen, die Piste zu flicken und zu reparieren, Schnee von dort zu holen, um hier ein Loch zu stopfen, bis Ostern durchzuhalten und den Schnee anschließend machen zu lassen, was er wollte.

Trotzdem gefiel ihm die Arbeit, so konnte er allein in den Bergen unterwegs sein und zusehen, wie die Nacht hereinbrach. Er fuhr mit seiner Raupe zwischen den langen Schatten der Lärchen umher, in der tief stehenden Sonne, und begegnete niemandem mehr, bloß Fausto, der mit den Fellen am Pistenrand aufstieg. Bei ihm musste der Pistenwart ein Auge zugedrückt haben, schließlich setzte er ihm jeden verdammten Tag einen Teller Nudeln vor. Santorso sah, dass er seit dem letzten Mal trainiert hatte; allmählich schlug er sich gar nicht mal so schlecht, auch wenn er in seinen Jeans und dem karierten Hemd eher an einen Holzfäller erinnerte als an einen Skifahrer. Beide Pistenraupen überholten ihn, und Fausto fuchtelte zum Gruß mit einem Stock.

»Wer ist denn das?«, fragte der andere Raupenfahrer über Funk.

»Babettes Koch.«

»Oje.«

An der Pistengabelung trennten sich sein Kollege und er. Jetzt, wo Santorso niemanden mehr im Rückspiegel hatte, zündete er sich eine Zigarette an und schaltete das Radio ein. Er ließ die Bergstation des Sessellifts hinter sich und nahm den Abschnitt, den die Raupen zum Wenden nutzten, um dann unweit eines großen, aus dem Schnee ragenden Felsblocks anzuhalten. Hier oben lag noch hoher, kompakter Schnee, den er dazu verwenden würde, Pistenlöcher weiter unten zu schließen. Doch zunächst einmal griff er zum Fernglas, öffnete die Fahrertür und setzte sich auf die Raupenketten, nahm den Waldrand ins Visier.

Er wusste, wo er suchen musste, und an diesem Abend entdeckte er sie endlich: zwei schöne ausgewachsene Hähne, schwarz im weißen Schnee, mitten im Kampf. Die Birkhähne suchten sich immer dieselben Stellen für ihre Kämpfe aus, Jahr für Jahr kehrten sie in ihre Arenen zurück. Sie kamen beim letzten Tageslicht hervor, wenn die Sonne bereits hinter den Bergkämmen verschwunden, aber noch nicht untergegangen war, zu jener Stunde, die die Franzosen *entre chien et loup* nennen. Santorso gefiel diese Redewendung. Zwischen Hund und Wolf, zwischen Dämmerung und Dunkelheit kamen die Birkhähne hervor, um wie verrückt aufeinander loszugehen. Sie benutzten Krallen, Schnäbel, Flügel, einfach alles, was ihnen zur Verfügung stand – zu Beginn der Balzzeit dermaßen rasend vor Wut, dass sie sogar eine Schneeraupe ignorierten, einen Mann mit Fernglas, ja selbst den Rock 'n' Roll aus dem Radio.

Santorso betrachtete die schönen roten Hautstellen über den Augen der beiden Hähne, die aufgeplusterten Federn, die dem Feind Angst einjagen sollten. Irgendwo warteten auch die Weibchen auf den Sieger. Ob noch Schnee lag oder nicht: Für ihn war das stets der Frühlingsanfang.

10

Die Tankstelle

Für die Tiere begann die Zeit der Liebe, während sie
für sie beide zu Ende ging oder pausieren musste. Am
Ostermontag hielt der Sessellift ein letztes Mal, und die
Skifahrer verließen Fontana Fredda wie Zugvögel. Auch
Babette malte ein Schild mit der Aufschrift *Wegen Ferien
geschlossen*. Sie verkündete, dass sie Urlaub auf einer Insel
machen werde, wollte aber weder den Namen noch das
Meer verraten. Sie zahlte allen ihren Lohn aus und legte
noch ein wenig Trinkgeld dazu, ohne zu sagen, wie die
Saison gelaufen war. Doch am letzten Tag tauchte ein
Typ mit Sakko und Krawatte auf, der sich mit ihr an
einen Tisch setzte und die Ordner mit Belegen durch-
sah. Fausto kannte sich genug mit Schulden aus, um bei
diesem Anblick den Wunsch nach einer Revolte zu ver-
spüren.

Am darauffolgenden Donnerstag ging er mit Silvia aus. Sie stiegen nach Tre Villaggi ab, wo noch das
eine oder andere Lokal geöffnet war. Sie waren nie

auswärts essen gewesen und fühlten sich ein wenig unwohl dabei, das Pärchen in der Pizzeria zu geben. Ohne Koch- beziehungsweise Kellnerinnenschürze, ohne ihr Bett und ihren Ofen, ohne ihre Kissen und Gläser waren sie einfach nur ein vierzigjähriger Mann und eine Siebenundzwanzigjährige, deren Wege sich gerade trennten.

»Und, wo verbringst du den Frühling?«, fragte er.

»Erst mal im Trentino. Im Moment gibt es auf dem Land jede Menge zu tun. Obst- und Gemüsefelder, du weißt schon.«

»Willst du nicht noch ein bisschen hierbleiben? Du kannst bei mir wohnen.«

»Ich habe mich schon mehr oder weniger mit Freunden verabredet. Aber keine Angst, danach komm ich wieder.«

»Klar.«

»Im Sommer wartet dann die Quintino-Sella-Hütte.«

»Ich weiß.«

»Und du?«

»Ich muss noch was in Mailand regeln. Und danach lege ich vielleicht auch einen Gemüsegarten an, wer weiß.«

Er hatte nicht daran gedacht, ihr ein Geschenk zu besorgen, sie dagegen schon. Eine Ausgabe von *36 Ansichten des Berges Fuji* von Hokusai. Fausto verstand nicht viel von Japan oder Kunstgeschichte, und von diesen Zeichnungen kannte er nur die berühmteste, ohne sie je richtig angeschaut zu haben. Jetzt stellte er fest, dass sie *Die große Welle von Kanagawa* hieß. Bei genauerer Betrachtung merkte er, dass die riesige Welle drei Fischerboote zum Kentern brachte, während unter ihrem schäumenden Kamm, in der Bildmitte, ein kleiner verschneiter Vulkan zu sehen war, der Berg Fuji. Der Kontrast zwischen der Ungerührtheit des Berges und der Unruhe der Welle im Vordergrund war unübersehbar.

Er blätterte weiter. »Erzähl mir mehr über dieses Buch.«

»Es ist von 1833«, sagte Silvia. »In Japan hatte es auf Anhieb großen Erfolg. Die Leute haben sich die Drucke zu Hause aufgehängt. Alles Ansichten vom Fuji, aber das eigentliche Thema ist der Alltag im Vordergrund. Die Arbeit und der Wechsel der Jahreszeiten. So sehe ich das zumindest.«

»Sie wirken wahnsinnig modern.«

»Stimmt. Auch die Impressionisten haben sich sehr davon beeinflussen lassen.«

»Und dieser Hokusai, was war das für ein Typ?«

»Einer, der Tausende solcher Bilder angefertigt hat. Er war eine Art Manga-Zeichner, hochproduktiv. Signiert hat er mit ›Der vom Malen Besessene‹.«

»Der vom Malen Besessene!«

»Jede Ansicht trug einen Titel mit dem Namen des Ortes und der Beschreibung der Szene. Alles Bauern, Fischer, Schreiner, Zimmerleute bei der Arbeit – fast immer ohne den Berg überhaupt zu bemerken, der über sie wacht, der ihre Köpfe manchmal weit überragt und manchmal nur ganz klein am Horizont zu sehen ist. Auf einer Ansicht zeigen vornehme Damen von einer Teehausterrasse auf den Fuji. Und auf einer anderen am Ende des Buches ist nichts als der Berg zu sehen, ganzseitig.«

»Aber der Koch und die Kellnerin fehlen«, sagte Fausto.

»Ja.«

»Auch die Liebenden.«

»Nun, wir wissen, dass es sie gibt.«

»Das ist ein fantastisches Geschenk. Danke.«

Es war ihr letzter Abend, und statt nach Fontana Fredda zurückzukehren, beschlossen sie, ihn in den Bars des Tales ausklingen zu lassen. Die Touristenlokale waren ausnahmslos verwaist und stimmten einen ganz wehmütig, aber schließlich entdeckten sie unter dem Wetterdach einer Tankstelle eine Bar, in der die Gebirgler das Ende der Skisaison feierten: Weg mit der Betriebsuniform, her mit dem letzten Lohn, noch dazu ein halbes Jahr kein Alkoholtest in Sicht! Die Stimmung war dermaßen ausgelassen, dass Silvia irgendwann zwischen den Tischen tanzte. Da verstand Fausto, was sie gemeint hatte, als sie vom Partymachen gesprochen hatte: Sie warf ihr Haar mal hierhin, mal dorthin, die Männer stießen Pfiffe aus und aller Aufmerksamkeit war auf sie gerichtet. Zwei Biere kamen, die er nicht bestellt hatte, und er sah sich nach dem edlen Spender um. Ein Typ mit einem irren Lächeln saß am Tresen und prostete ihm zu.

Sie kehrte an den Tisch zurück, und er sagte: »So, das war's.«

»Warum?«

»Weil jetzt jeder jedem eine Runde ausgeben muss. Deine Schuld! Ich verabschiede mich, bevor ich endgültig das Bewusstsein verliere.«

Silvia trank einen Schluck Bier, dann nahm sie sein Gesicht in beide Hände und gab ihm einen Kuss. Sie war erhitzt, erregt vom Tanzen und den Blicken, außerdem schon ein wenig beschwipst. »Aber für uns war's das doch noch lange nicht, oder?«

»Nein?«

»Nein.«

»Ich dachte, das ist bloß so eine Affäre zum Überwintern«, sagte er.

»Wie meinst du das?«

»Um den Winter im Warmen zu verbringen.«

Sie runzelte die Stirn. Und zog an seinem Bart, um ihn für diesen blöden Spruch zu bestrafen. »Aus dir wird doch kein Arschloch werden, wenn du hier oben allein zurückbleibst?«

»Ich bin nicht allein. Schau nur, wie viele Leute hier sind.«

»Ach, komm!«

»Nein, nein, versprochen.«

»Wollen wir gehen?«

»Gleich. Tanz noch zu einem Lied, ich finde das toll.«

Die Musik drang aus der kleinen Bar nach draußen, wo jemand rauchte und jemand anders zum Tanken hielt. Diejenigen, die hielten, sahen das Fest und kamen herein, um ein Glas mitzutrinken. Die Wälder begannen gleich hinter den Häusern, schwarz und verschwommen, bis zur Höhe der Weiden, wo das Mondlicht vom Schnee reflektiert wurde.

II

Eine leere Wohnung

Als er sich eines Aprilmorgens endlich dazu durchringen konnte, stieg Fausto schon früh ins Auto: Die Sonne war noch nicht über den Colle Finestra geklettert. Inzwischen schauten die Wiesen teilweise unter dem Schnee hervor, aber es war altes, graufahles Gras, das den Schnee zu beschmutzen schien wie die vor die Häuser geschüttete Ofenasche und die nun wieder stinkenden Misthaufen. Ein Stück weiter talwärts wurde dieses Gras abgefackelt, und wenn es verbrannte, ließ es geschwärzte Wiesen zurück. Nach einem ganzen Winter oben in den Bergen geriet Fausto auf der Fahrt ins Staunen: Schon in Tre Villaggi war der Schnee beinahe verschwunden, und unterhalb von tausend Metern nahm das Gras Farbe an. Der Tannen- und Lärchenwald mischte sich mit Birken, Eichen, Buchen, Ahorn und Kastanien, wurde zunehmend dichter und üppiger. Natursteinhäuser wichen solchen aus Ziegeln und schließlich dem Beton der Industriebauten. Bei der Autobahnmautstation schaltete er instinktiv das Radio an und erwischte die Achtuhrnachrichten. Alles kam zusammen: das Tal, die Autobahn, die Laster, die Achtuhrnachrichten mit den belanglosen Meldungen des Tages. Er war lange fort gewesen, trotzdem war es nicht so, dass ihn nicht mehr interessierte, was draußen in der Welt vor sich ging. Er hielt an einem Autogrill, nur um sich zwischen Lastwagenfahrern und Pendlern einen Kaffee zu gönnen. Auf der Strecke Turin–Mailand blieb das Monte-Rosa-Massiv kilometerweit im Fenster zu sehen – erst über Feldern und Bauernhöfen, dann über Einkaufszentren und Gewerbegebäuden des Hinterlands. *Der Berg Fuji über Fabriken und Morgenverkehr*, dachte er. Als er in Mailand ankam, war es noch nicht mal halb zehn. Die absurde Nähe seiner Heimatstadt zu den Alpen hatte ihm schon immer gefallen. Wie oft war er noch im letzten Moment in die Berge aufgebrochen, aus einem Impuls heraus, nach einem Streit oder aus dem Wunsch heraus, allein zu sein: Es genügte, ins Auto zu steigen, um sich innerhalb weniger Stunden in den Bergen wiederzufinden. Jetzt wäre es ihm lieber gewesen, der Abstand zwischen den beiden Hälften seines Lebens wäre größer, die Reise lang und kompliziert, etwas mit Zügen, Kutschen und Saumpfaden wie in den Tagebüchern englischer Reisender aus dem neunzehnten Jahrhundert.

Im Stau vor der Ampel dachte er: Meine Güte, man gewöhnt sich wirklich an alles! Ich könnte mich sogar wieder an das hier gewöhnen, eine Woche würde genügen. Automatisch nahm er den Ring, bog nach dem

Ponte della Ghisolfa ab, um dann in der üblichen Seitenstraße zu parken. Auf dem Platz des Viertels kamen und gingen peruanische Tagelöhner, Araber saßen an den Tischen im Freien herum, hochgewachsene, schmale Afrikaner warteten vor den Waschsalons auf ihre Wäsche. Die Menschen sind wie die Wälder!, dachte er: Je weiter man ins Tal kommt, desto abwechslungsreicher werden sie. Er betrat den Innenhof eines gelben Wohnblocks, mit den verschiedenen Mülltonnen auf der einen und dem Fahrradständer auf der anderen Seite, und schloss mit seinem Schlüssel eine Tür auf, vor der eine Bank und ein paar Blumentöpfe standen. Er hatte sich auf einen traurigen Anblick eingestellt, doch als er über die Schwelle trat, schlug ihm ein unerwarteter Geruch entgegen: keine abgestandene Luft, sondern der unverwechselbare, geheimnisvolle Duft nach Zuhause, der noch so gegenwärtig war. Von den Möbeln waren allerdings kaum noch welche da, bloß noch die Küchenzeile, bei der es sich nicht mehr lohnte, sie abzubauen, und das Sofa, das sie schon seit Jahren hatten loswerden wollen. An den Wänden das eine oder andere Plakat, das eine oder andere leere Regalbrett. Die Wohnung hatte hohe Decken und große Fenster, weil sie früher einmal eine Werkstatt gewesen war, und Fausto nahm die Eisentreppe zu dem Podest, einem Relikt von damals. Dort oben hatte Veronica eine Rolle Müllsäcke und einen Stapel Kartons für ihn dagelassen. Seine Kleider im Kleiderschrank hatte sie genauso wenig angerührt wie die Bände seiner Bibliothek. Seine und ihre Sachen waren sorgfältig auseinanderdividiert worden, ohne Groll, in dem Raum, der einmal ihr Schlafzimmer gewesen war. Es war einige Zeit vergangen, und Fausto wusste diese Sorgfalt zu schätzen, weil er den Wunsch nach einem würdigen Abschluss darin erkannte.

Er sammelte alles ein, was wegkonnte, brach zum Wertstoffhof auf und schaute auf dem Rückweg in einer Bar vorbei, um zwei kalte Bier zu kaufen. Veronica kam, als er gerade dabei war, die Bücherkartons zuzuklappen. In der gesamten Wohnung gab es weder Tisch noch Stuhl noch Tasse noch Glas noch Aschenbecher, sodass sie sich mit ihrem Bier an die Küchenzeile lehnte und in die Spüle aschte, während er auf dem alten, durchgesessenen Sofa saß. Sie hatten sich mit einem Wangenkuss begrüßt. Mit einem, nicht mit zweien, distanziert, aber nicht förmlich. Als er einmal aus den Bergen zurückgekehrt war, hatte ihn Veronica sofort ausgezogen und unter die Dusche geschickt: Als er sie küsste, musste Fausto wieder daran denken und schämte sich für den Gestank, der ihm bestimmt anhaftete. Er hätte sich vorher waschen sollen.

»Und, wie läuft es dort oben in den Bergen? Schreibst du?«

»Nicht viel.«

»Was hast du den ganzen Winter über gemacht?«

»Ich habe als Koch gearbeitet.«

»Als Koch?«

»In einem kleinen Restaurant. Ein wirklich nettes Lokal – besser als viele Jobs, die ich schon hatte. Die

Speisekarte ist schlicht, es gibt immer dieselben paar Gerichte.«

»Wer hätte das gedacht.«

»Ich mit Sicherheit nicht.«

»Na ja, du hast schon immer gern gekocht.«

»Das stimmt.«

»Nimmst du deine Küchensachen nicht mit, deine schönen Töpfe?«

»Ich wüsste nicht, wohin damit. Willst du sie nicht haben?«

»Wo ich so viel koche!« Veronica grinste. »Aber vielleicht ist das der Moment, es zu lernen. Dann müsste ich mir abends nicht mehr irgendeinen Mist bestellen.«

Sie nahm einen Schluck aus der Flasche, was ihren langen Hals zur Geltung brachte. Nach mehr als einem halben Jahr, in dem sie sich nicht gesehen hatten, fand Fausto immer noch, dass sie mit ihren vierzig Jahren eine schöne Frau war – zumal sich die Frauen Mailands zu dieser Jahreszeit allmählich weniger verhüllten. Ihre nackte Haut verfehlte ihre Wirkung nicht, wenn er im Frühling aus den Bergen kam, wo die Frauen noch in dicken Wollsachen steckten, Arme, Hals, Knöchel, Waden und jene Kurven, die man unter den vielen Stoffschichten nur erahnen konnte. Veronicas Körper war reifer und fülliger als der, an den er sich seit Kurzem gewöhnt hatte. Sie hatte allerdings abgenommen, und daran war bestimmt kein Take-away-Fraß schuld. Keine Ahnung, warum – entweder weil sie keinen Appetit hatte oder weil sie mit jemandem zusammen war.

»Geht's dir gut?«, fragte er.

Sie zuckte mit den Schultern. »Ich habe Arbeit und werde bezahlt. Heutzutage ist das schon einiges.«

»Und von der Arbeit mal abgesehen?«

»Was soll ich sagen? Dass es jetzt so gekommen ist, hätte ich nie gedacht.«

»Tut mir leid.«

»Eine große Hilfe warst du mir nicht gerade.«

»Da hast du recht.«

»Weißt du eigentlich, dass mich deine Mutter einmal die Woche anruft?«

»Nein, das wusste ich nicht.«

»Aber dir ist schon klar, dass sie achtzig ist, oder?«

»Morgen besuch ich sie.«

»Denkst du eigentlich auch mal an die anderen auf deinem Minimalismus-Trip?«

Typisch Veronica. Alles, was sie sagte, stimmte, es ließ sich kaum etwas dagegen einwenden. Deshalb fuhr Fausto damit fort, sich bei dieser schönen Frau zu entschuldigen, für die er unzählige Male gekocht hatte.

12

In einem anderen Land

Am nächsten Morgen sah er sie wieder, in einer Kanzlei im Zentrum von Mailand, auf halber Strecke zwischen Dom und Piazza degli Affari, in einem dieser marmorverkleideten Gebäude, in denen ausschließlich Anwälte, Steuerberater und Notare zu verkehren schienen. Er setzte sich zu Veronica, dem Notar, dem Abgesandten der Bank, der jungen Frau, die in ihre Wohnung ziehen würde, und dem Vater, der sie ihr kaufte. Wegen der Wirtschaftskrise verkauften sie sie zu einem etwas geringeren Preis als dem, den sie selbst dafür bezahlt hatten, und ein Großteil der Summe ging für die Abzahlung des Kredits drauf, der für sie beide so etwas wie eine Heirat gewesen war. Der Banker wirkte, als müsste er häufig so etwas wie das Verlesen notarieller Urkunden über sich ergehen lassen. Die junge Frau konnte es kaum erwarten, den Wohnungsschlüssel in Händen zu halten, während der Vater der Einzige war, der auf jedes Wort achtete. Veronica wollte die Sache einfach nur hinter sich bringen, und Fausto war, als lauschte er der Scheidungszeremonie: *Möchtest du, Fausto Dalmasso, auf diese Frau verzichten, nicht länger dein Leben mit ihr teilen, die Hälfte von dem zurücknehmen, was euch gemeinsam gehört hat? Willst du keinen Sex mehr mit ihr haben, dich nicht mehr um sie kümmern, sie von dir erlösen, nichts mehr von dieser Frau wissen, bis dass der Tod Hackfleisch aus euch macht?* Ja, ich will!, dachte er und unterschrieb, wo er unterschreiben musste. Er konnte nur hoffen, dass die junge Frau in der neuen Wohnung glücklich werden und diese ein wichtiger Ort für sie sein würde, ein Ort, an dem sie ihre besten Jahre verbringen würde. Nachdem sie alle unterschrieben hatten, händigte der Vater die Umschläge mit den Barschecks aus: einen für die Bank, einen für Veronica und einen für Fausto, der gerade einmal achttausend Euro einsteckte. Das war alles, was er mit vierzig besaß, von seinem Auto einmal abgesehen, sodass er die Kanzlei leicht verbittert, aber auch erleichtert verließ.

»Also dann ciao«, verabschiedete er sich draußen von Veronica.

»Traurig, was?«, sagte sie. Ihre Augen glänzten. »Was machst du jetzt, fährst du gleich wieder in die Berge?«

»Ich hab's nicht eilig. Wollen wir einen Kaffee zusammen trinken?«

»Nein, ich gehe ins Büro, es ist schon spät. Über was sollten wir auch reden? Ciao, Fausto, ciao.«

Ein Kuss auf den Mund, diesmal. Dann drehte sie sich um und entfernte sich raschen Schrittes durch die Allee.

Da er es nicht eilig hatte, sah er ihr nach, bis sie zwischen anderen Menschen in einem Torbogen verschwand.

Wann er wohl das nächste Mal in die Mailänder Innenstadt kommen würde? Er beschloss, noch einen kleinen Spaziergang zu machen. Fast hätte er vergessen, dass es den Dom gab, den großen kopfsteingepflasterten, frisch gefegten Platz, das Reiterdenkmal für Vittorio Emanuele, die strenge Architektur des achtzehnten und neunzehnten Jahrhunderts, zu der die gotischen Bizarrerien der Kathedrale ein Gegengewicht bildeten. Hemingway fiel ihm ein und diese Kurzgeschichte über Mailand, die er schon so oft gelesen hatte, wie hieß sie noch gleich? *In einem anderen Land*, ja, genau! Da waren der Naviglio Grande, der damals noch überirdisch durch die Innenstadt floss, eine alte Frau, die auf einer kleinen Brücke Maroni verkaufte, ein Kriegsheimkehrer, der auf dem Weg zum Lazarett eine Tüte erwarb und sich die warmen Kastanien in die Taschen steckte. In der Erzählung musste es Oktober oder November sein. Es gab Füchse und Rehe, die vor den Läden hingen, das Fell windzerzaust, schaukelnde Kadaver; nach ihrer Behandlung im Krankenhaus überquerten die Soldaten den Platz, um in der Nähe der Scala ins Café Cova zu gehen, wo es vor patriotischen jungen Frauen nur so wimmelte. Fausto fielen die ersten Zeilen wieder ein: *Es war immer noch Krieg im Herbst, wir machten aber nicht mehr mit.* Was für ein unvergesslicher Anfang! Er hätte ihn gern Silvia in ihrem kleinen Zimmer vorgelesen. Er war es gewohnt, ihn laut vorzutragen, hatte ihn jahrelang in

Schreibkursen verwendet, und wenn er ihn den Schülern erklärte, sprach er von Sorgfalt, davon, für sich Sorge zu tragen, die eigenen Verletzungen mit anderen zu teilen, von der Unmöglichkeit, wieder ganz gesund zu werden, und der Möglichkeit, stattdessen Trost zu finden. Jetzt sah er darin lieber eine Kurzgeschichte über das Mailand von 1918. Eine Zeit, in der die Geschäfte der Innenstadt Wild feilboten. Silvia hätte er nichts von Verletzungen und Sorgfalt erzählt, eher etwas vom Desertieren: An der Front herrscht noch Krieg, aber den sollen bitte schön andere führen, während wir mit Maroni in den Taschen herumlaufen und junge Frauen in der Bar auf ein Getränk einladen. Bei dem Gedanken daran bekam er Durst. Er durchquerte die Galleria Vittorio Emanuele II, freute sich, dass er sich noch in den Straßen Mailands zurechtfand, und erreichte das Cova, das jetzt nicht mehr in der Nähe der Scala lag, sondern in der Via Monte Napoleone, zwischen den von Gattinnen russischer Millionäre frequentierten Boutiquen. Oder waren es ihre Geliebten? Er bestellte sich am Tresen ein Glas Sekt, um auf seine jüngsten Erfolge zu trinken. Er war frisch geschieden und hatte seine Wohnung verkauft, um morgens um zehn allein Sekt zu trinken. Der Barmann schien das seltsame Verhalten der Russen gewohnt zu sein und bediente ihn, ohne auch nur mit der Wimper zu zucken.

13

Ein Krankenhaus im Tal

Als er wieder in den Bergen war, hörte er in dem kleinen Laden, in dem er immer einkaufte, Santorso hätte einen Unfall gehabt. Man wusste nicht genau, was ihm zugestoßen war, nur dass es in den Bergen passiert war und man ihn mit dem Hubschrauber ausgeflogen hatte. Im Dorf kursierte allerdings das Gerücht, er wäre von einer Lawine begraben worden. Fausto versuchte, mehr zu erfahren, erst beim Kiosk, dann in der Bar: Überall machte man nur Andeutungen oder wusste nichts oder verstand nicht, warum sich dieser Kerl überhaupt einmischte, dieser Koch, der außerhalb der Saison hier oben geblieben war. Vielleicht auch wegen seiner Erlebnisse in der Stadt wollte es Fausto jetzt erst recht wissen: Nach dem Weg brauchte er nicht zu fragen, der Hubschrauber verkehrte von einem einzigen Ort aus.

Er fuhr fünfzig Kilometer bis zu einem modernen Provinzkrankenhaus, das gut ausgeschildert war und einen großen Parkplatz zu Füßen der Berge hatte. Schon im Auto war ihm klar geworden, dass er nicht einmal Santorsos richtigen Namen wusste. Dafür kannte er sich einigermaßen mit Krankenhäusern aus, da er schon in so einigen gewesen war: Er fragte nach einem Onkel, der in die Notaufnahme gebracht worden sei, er müsse in der Unfallchirurgie liegen, außerdem verwendete er einen von zwei Nachnamen, die in Fontana Fredda so gut wie alle hatten. Gleich beim ersten Versuch traf er ins Schwarze. Ein Luigi Erasmo Balma lag im dritten Stock.

Er fand Santorso beziehungsweise Luigi Erasmo mit einem Kopfverband im Bett vor. Zwei weitere Verbände, so dick wie Boxhandschuhe, reichten bis zur Mitte der Unterarme. Er war wach, hellwach sogar.

»Oh, wen haben wir denn da?«, sagte er.

»Luigi!«

»Was machst du denn hier?«

»Na, ich habe dich vermisst.«

»Du hast mich vermisst?«

»Was hast du bloß angestellt?«

Die Verlegenheit musste überwunden werden. Santorso lehnte sich in die Kissen zurück, und Fausto warf einen kurzen Blick auf seinen Zimmergenossen: einen alten Mann, neben dem eine Frau mittleren Alters saß. Die Frau musterte ihn ebenfalls, aber weil sie nicht stören wollte, drehte sie sich um und kümmerte sich wieder um ihren Vater oder wer auch immer das war.

»Ich hab Mist gebaut«, sagte Santorso. »Ich hab einen Ski verloren, und statt ihn an Ort und Stelle liegen zu lassen, hatte ich die großartige Idee, abzusteigen und ihn mir zu holen. Das Gelände war ein wenig abschüssig, ich bin ein paar Felsen runtergeklettert, und da hat sich ein Steinschlag gelöst.«

»Wo denn?«

»Weißt du, wo die Punta Valnera ist?«

»Klar weiß ich das.«

»Und kennst du auch diesen Grat mit den Lawinenverbauungen?«

»Ja.«

»Da war das, an einem total harmlosen Ort. Ich habe nach Birkhähnen Ausschau gehalten.«

»Und dann bist du abgestürzt?«

»Nein, ich konnte mich festhalten. Aber vielleicht wäre es besser gewesen, ich wäre abgestürzt.«

Er hob ansatzweise die verbundenen Arme, starrte an die Zimmerdecke und sagte: »Kaum hab ich gehört, dass er sich löst, hab ich mich an den Felsen gepresst. Den Kopf konnte ich einigermaßen schützen, aber die Hände hat es voll erwischt.«

»Scheiße.«

»Genauso gut hätte ich sie unter ein Traktorrad legen können. Wenigstens hatte ich dicke Handschuhe an.«

»Sind sie gebrochen?«

»Keine Ahnung, an wie vielen Stellen.«

»Und der Kopf?«

»Pah, der hat mir nie viel genutzt.«

In seinen Augen stand immer noch der Schrecken, den er bekommen hatte. Er war schwach und kurzatmig. Es war schockierend, ihn in diesem Bett zu sehen, mit zerzaustem Haar, unrasiert, der Hals sonnenverbrannt, dazu diese makellos weißen Verbände. Doch nachdem er sich von der Überraschung erholt hatte, schien er sich über den Besuch zu freuen. Durch das Reden und Erzählen kam wieder etwas Leben in ihn.

»Du bist aber weit gefahren, um mich zu finden.«

»Ich war mir nicht sicher, ob ich kommen soll, aber dann … Außerdem konnte mir da oben niemand was sagen.«

»Die da oben! Die halten mich bestimmt längst für tot.«

»Mehr oder weniger.«

»So wie's aussieht, bin ich ganz schön vermöbelt worden.«

»Das kann man wohl sagen.«

»Ein ziemlicher Wind, was, Faus? Weißt du noch, damals im Wald?«

»Ja, aber der hat dich nicht umgeweht. Du bist eine ganz schön stabile *brenga*! Haben sie dich an den Händen operiert?«

»Die müssen erst warten, bis sie etwas abgeschwollen sind.«

»Verstehe.«

Sie unterhielten sich noch ein paar Minuten, bis eine Krankenschwester kam, um ihm Medikamente zu bringen, und Fausto es für angebracht hielt, sich zu verabschieden. Er fragte, ob er noch etwas brauche, und versprach, in wenigen Tagen wiederzukommen. Santorso, der so viel Anteilnahme nicht gewohnt war, bedankte sich nicht einmal, war aber beim Abschied sehr gerührt. Mit derselben verlegenen Dankbarkeit begab er sich auch in die Obhut der Krankenschwester.

Fausto machte sich auf die Suche nach einem Arzt, den er auch schnell fand. Es war ein Mann um die sechzig mit gebräuntem Teint von einem Leben im Freien und mit einem Hang zur Direktheit. So schlimm zugerichtete Hände habe er durchaus schon gesehen, nämlich wenn Arbeiter in Hydraulikpressen gerieten, sagte er zu Fausto. Er könne sich nicht erklären, wie Santorso es überhaupt geschafft habe, damit die Bergrettung zu verständigen, er müsse es gleich nach dem Unfall getan haben, bevor sie unbrauchbar wurden. Der Patient habe viel Blut verloren und sei im Hubschrauber ohnmächtig geworden. Jetzt sei er mit Antibiotika und Blutverdünnern vollgepumpt. Auch wenn der Arzt ausschloss, dass diese Hände irgendwann wie früher würden, sollte Santorso sie doch wieder benutzen können. Der Mann hatte das Bedürfnis, noch etwas hinzuzufügen, das nichts mit Orthopädie zu tun hatte, und erklärte, man könne den Allgemeinzustand des Herrn Balma getrost als desaströs bezeichnen. Er habe die Leber eines Alkoholikers und verengte und verstopfte Arterien, sodass jederzeit mit einer Ischämie zu rechnen sei, wenn nicht mit Schlimmerem. Er sei schon jahrelang nicht mehr beim Arzt gewesen und habe keine Blutuntersuchungen gemacht. Typisch Gebirgler halt.

Er sprach nun im Plural und sagte *sie* statt *er*. »Sie wissen ja, wie die sind. So wie die sich ernähren, haben sie schon mit fünfzig mehr Fett als Blut in den Adern. Aber deswegen ändern sie ihren Lebensstil noch lange nicht. Ganz so, als würden sie nur auf das Unausweichliche warten.«

Fausto nickte, er wusste nicht, was er dazu sagen sollte.

»Das ist gar nicht Ihr Onkel, oder?«

»Nein.«

»Hat dieser Mann denn keine Angehörigen?«

»Das weiß ich nicht, da muss ich mich erst erkundigen.«

»Nun, wenn Sie welche ausfindig machen, bitten Sie sie, nach ihm zu schauen. Nach drei Wochen sind Sie der Erste, mit dem ich rede. Außerdem muss sich nach der Entlassung jemand um ihn kümmern, mit seinen eingegipsten Händen wird er nicht viel anfangen können.«

»Ja, das hab ich mir auch schon gedacht.«

Als er das Krankenhaus verließ, wollte er sich den Rettungshubschrauber der Bergwacht ansehen, in erster Linie aus Neugier. Mit dem Auto war er in einer Stunde von Fontana Fredda aus hier gewesen, doch Luftlinie war es nicht weit, der Hubschrauber dürfte also fünf Minuten gebraucht haben. Er traf die Besatzung unweit des

Landeplatzes an. Den Bergführer kannte er, weil er in der ganzen Gegend berühmt war: Er hieß Dufour, hatte eine Alpinistenkarriere hinter sich und stammte aus einer alteingesessenen Bergführerfamilie, die auch die Quintino-Sella-Schutzhütte gepachtet hatte. Obwohl er fast im Rentenalter war, flog er noch immer mit dem Hubschrauber mit. Dufour schien ihn ebenfalls wiederzuerkennen. Kurz bildete Fausto sich ein, er erinnerte sich noch nach fünfundzwanzig Jahren an den kleinen Jungen, der einmal mit seinem Vater unterwegs gewesen war. Doch stattdessen hörte er die Frage: »Bist du nicht Babettes Koch?«

»Genau der bin ich.«

»Dann weiß ich, wen du hier besucht hast.«

Nicht, dass es ihm missfiel, Babettes Koch zu sein. Es war schon in Ordnung, dass es diese Arbeit war, die sein Gesicht unter den Tausenden, die hier vorbeikamen und miteinander verschwammen, hervorhob – und nicht seine aus frühester Kindheit herrührende Vertrautheit mit diesen Bergen oder das schmerzliche Heimweh danach aus der Ferne.

Dufour erzählte ihm, dass Santorso ihn persönlich an der Leitung gehabt habe. Die beiden kannten sich schon ein Leben lang. Santorso habe ihm seine Position ganz genau durchgeben können, die Höhenmeter, die Sichtbarkeit, die Beschaffenheit der Stelle, an der er sich befand. Es sei nicht schwierig gewesen, ihn im Schnee auszumachen. Er habe auf einem Felsen gesessen, so als wollte er die Aussicht genießen, und habe beim

Eintreffen des Hubschraubers den Arm gehoben, um das vereinbarte Signal zu geben. Diese Hände habe man gar nicht anschauen können.

Fausto erzählte ihm, was er vom Arzt erfahren hatte – nicht das mit dem Herzen und der Leber, aber das mit den Händen. Mit den Arbeiterhänden, die in Hydraulikpressen geraten waren, mit den Händen, die irgendwie wieder zum Funktionieren gebracht würden.

»Gott sei Dank!«, meinte Dufour.

»Aber das wird dauern.«

»Das glaube ich auch.«

»Darf ich dich noch was ganz anderes fragen?«

»Natürlich.«

»In diesem Winter hat eine junge Frau bei Babette gearbeitet. Soweit ich weiß, habt ihr sie in der Schutzhütte angestellt?«

»Und ob wir die angestellt haben.«

»Das freut mich.«

»Glaubst du, sie packt das? Nicht, dass sie uns nach einer Woche wieder abhaut?«

»Nein, nein, die haut nicht ab.«

»Wie heißt sie noch gleich?«

»Silvia.«

»Ach ja, genau, Silvia. Und du?«

»Ich heiße Fausto.«

»Besuch uns mal, Fausto.«

»Gern.«

Mit einem wie Dufour hätte er noch ewig reden können. Über die Quintino-Sella-Hütte, über das

Monte-Rosa-Massiv, über die Gletscher von einst und über sämtliche Gipfel der Welt, die dieser Mann bereits kennengelernt haben dürfte. Stattdessen bedankte er sich bei ihm, verabschiedete sich auch von dem Hubschrauberpiloten und kehrte in die Berge zurück, um einen Angehörigen für den armen Teufel ausfindig zu machen.

14

Der Gesetzlose

Und so tauchte der Dieb ausgerechnet dann in Fontana Fredda auf, als der Wächter nicht da war. Er kam von Osten, vom Colle Finestra, noch bevor es hell wurde: Es war ein einsamer Wolf, der von einem Tal ins nächste zog, sich in den Wäldern aufhielt und die Straßen nur dann überquerte, wenn es nicht anders ging, und auch das nur nachts. Zu dieser Uhrzeit war der Schnee noch überfroren und trug ihn gut, sodass er den Pass erreicht hatte, ohne mehr Spuren zu hinterlassen als seine Krallenabdrücke im Steilhang. Er ließ die kleine Kapelle hinter sich, die Trockenmauer, die einst eine Grenze markiert hatte, und trat auf das kleine Hochplateau hinaus, im Morgengrauen vor Sonnenaufgang.

Er schnupperte und stieß auf eine ferne Erinnerung, eine ererbte. So wie auch die Gesetze ererbt waren, denen er ohne jeden Zweifel gehorchte – in den Bergen bleiben, im Wald bleiben, nur nachts unterwegs sein, sich von Häusern und Straßen fernhalten –, auch wenn er inzwischen gemerkt hatte, dass sich seit Aufstellung dieser Regeln etwas verändert hatte. Im Dorf musste schon jemand wach sein. Er witterte den Geruch von Feuer, der der Geruch eines Menschen war, sowie den Geruch von dessen Vieh, aber das waren deutlich schwächere Signale als damals, als er oder jemand vor ihm von hier verjagt worden war.

Der Wind drehte sich, liebkoste die Berge und wehte Waldluft zu ihm herüber. Er witterte den Geruch von Gämsen, Hirschen, Wildschweinen: Das Wild war viel zahlreicher als einst, als seine Vorfahren tagelang auf der Lauer liegen mussten, um ein Murmeltier oder einen Dachs zu erwischen, Beute, die nicht satt machte und dazu zwang, ständig auf der Jagd zu sein. Jetzt räumte sein Feind das Feld. In den Wäldern gab es Beute in Hülle und Fülle, und das Jagen war einfach geworden. Der Wolf hielt die Schnauze in den Wind und wartete, bis er erneut vorbeistrich und weitere Informationen aus dem Tal mitbrachte. Er sah sich bestätigt: Der Menschengeruch war inzwischen nur noch ein Duftschweif, die Spur von jemandem, der vorübergezogen und nicht mehr da ist. Er musterte die unbestellten Felder, die erloschenen Schornsteine und sah eines dieser vielen verlassenen Dörfer, denen er auf seiner Wanderung bereits begegnet war. Ja, der Feind war geschwächt, vielleicht noch nicht harmlos, aber harmlos genug, um es wagen zu können. Vielleicht mussten die uralten Regeln neu geschrieben werden. Er empfand noch etwas, das nichts mit Hunger, Jagd, Angst, Vorsicht, Kalkül zu tun hatte.

Etwas, das er immer wahrnahm, wenn er einen Bergkamm erreichte und ein neues Tal vor ihm auftauchte. Eine Art Erregung, ein Duft, der noch verlockender war als der von einem Hirsch oder einer Gämse. Der Duft von Neuland, das es zu entdecken galt.

Die Kapelle hatte schon alle möglichen Diebe, Tagelöhner, Schmuggler und Gesetzlose passieren sehen. Der Wolf kam den Berg herunter, lautlos und leicht auf dem harten Schnee, aufs offene Feld, bis er erneut Schutz im Walddickicht fand.

15

Die Tochter des Gebirglers

Wie sich herausstellte, hatte Santorso doch Angehörige, eine Tochter, die woanders lebte und die er nicht verständigt hatte, bis sie selbst herausfand, was passiert war. Sie rief auch bei Fausto an, kurz nachdem sie mit dem Vater gesprochen hatte. Von der Stimme her ließ sich schwer sagen, wie alt sie war. Sie wollte Genaueres wissen. Fausto erzählte ihr von seinem Besuch im Krankenhaus und wiederholte noch einmal, was der Arzt ihm gesagt hatte, diesmal ohne etwas auszulassen. Die Frau stellte weitere Fragen: Ob ihr Vater eine Behinderung davontragen werde. Ob er noch arbeiten könne. Ob er Anrecht auf eine Rente habe. Sie hatte eine sehr pragmatische Sicht auf die Dinge. Ihr Italienisch war fast dialektfrei: Von Fontana Fredda waren ihr nur bestimmte geschlossene Vokale geblieben, kleine Abweichungen, die sie nicht losgeworden war und in denen ein geschultes Ohr die harte Sprache der Berge erkannte.

»Sie sind ein Freund meines Vaters?«

»Ich würde sagen, ja.«

»Soweit ich weiß, haben Sie sich diesen Winter kennengelernt.«

»Das stimmt. Ich war Koch in einem Pistenrestaurant.«

»Bei Mama.«

»Hä?«

»Bei meiner Mama.«

»Babette ist deine Mutter?«

»Ja, aber sie heißt nicht wirklich so.«

Im nächsten Moment fiel es ihm wie Schuppen von den Augen: Santorso schaute morgens wie abends dort vorbei, und sie behandelte ihn wie einen Bruder. Er kam sich dumm vor, weil er sie monatelang zusammen gesehen hatte, ohne etwas zu merken.

»Sie kennen meinen Vater nicht besonders gut«, sagte sie.

»Das ist wohl wahr.«

»Aber die, die ihn kannten, haben nicht nach ihm geschaut.«

Fausto wusste nicht, was er sagen sollte. Er fühlte sich von der jungen Frau in die Ecke gedrängt.

»Trotzdem danke«, sagte sie. »Ich weiß das sehr zu schätzen. Ich suche gleich einen Flug für morgen raus.«

»Einen Flug woher?«

»Aus London.«

»Wohnst du da?«

»In Brighton. Das liegt am Meer.«

»Und was machst du in Brighton? Studieren?«

»Nein, ich arbeite in einem Hotel.«

»Holt dich jemand vom Flughafen ab?«

»Ja, keine Sorge.«

Nachdem er aufgelegt hatte, musste Fausto den ganzen Abend an das Gespräch denken. Er dachte an Santorso und Babette als Ehepaar. Wer weiß, wie lange sie zusammen gewesen waren und wann sie sich getrennt hatten. Die Tochter dürfte so um die zwanzig sein. Bei solchen Eltern war es nur logisch, dass sie einen eigenen Kopf hatte – als Tochter einer Revolutionärin und eines Gebirglers. Er und Veronica hatten keine Kinder, sie hatten zwar mehrmals darüber gesprochen, das Ganze aber immer wieder in die Zukunft geschoben, bis es dann keine Zukunft mehr für sie gegeben hatte. Er wusste nicht, ob es besser oder schlechter war, kein gemeinsames Kind zu haben. Etwas, das ihre Beziehung überdauerte, weit weg vielleicht, in einem Hotel am Meer. Jemand, der sowohl ihr als auch ihm ein wenig ähnelte. Er überlegte, Silvia anzurufen und ihr die Neuigkeit mitzuteilen, aber diese Sache ging sie nichts an, also ließ er es bleiben. An diesem Abend fühlte er sich unglaublich einsam. Wie hatte sie gleich wieder gesagt? *Aus dir wird doch kein Arschloch werden?* Er dachte an Veronica, die ihm gleich den Rücken zugewandt und sich davongemacht hatte, damit er sie nicht weinen sah. Was tat er hier bloß, ein gestörter Vierzigjähriger ohne Anhang und Arbeit, nur mit der lächerlichen Utopie, dass man sich niederlassen soll, wo es einem gefällt? Es gab nur eine Person, die er wie ein Arschloch behandeln konnte, und wie das ging, wusste er nur zu gut. Er goss den letzten Rest Wein in die Spüle und legte sich ins Bett, zwang sich, sein Versprechen zu halten.

16

Traumpfade

»Was kann ich denn dann essen?«, fragte Santorso.

»Grüne Erbsen. Bohnen. Kichererbsen. Soja.«

»Pfui Teufel.«

»Kommt darauf an, wie man es zubereitet.«

»Und was ist mit Fleisch?«

»Huhn.«

»Huhn ist doch kein Fleisch.«

»Das ist weißes Fleisch. Und Fisch. Räucherlachs, Kabeljaufilet.«

»Und was ist mit Käse?«

»Käse kannst du vergessen.«

»*Dio faus.*«

Sie kehrten aus dem Krankenhaus zurück, Fausto am Steuer, während Santorso an einem verregneten Vormittag aus dem Seitenfenster schaute. Anfangs hing er noch seinen Gedanken nach, aber als sie das Tal erreichten, fiel ihm jede Kleinigkeit auf. Er war drei Wochen fort gewesen. Den Krankenschwestern hatte er erzählt, dass er seit seinem Wehrdienst nicht mehr so lange von zu Hause fort gewesen war. In den drei Wochen hatte der Frühling die Landschaft verändert: Das Gras war eine Handbreit gewachsen, die Obstbäume blühten und der Laubwald leuchtete. In den Bergen war die Schneegrenze fünfhundert Meter höher gewandert.

»Es ist schön, mein Tal, stimmt's?«, sagte Santorso. Den Regen, der gegen die Windschutzscheibe schlug, ignorierte er einfach.

»Ja, es ist schön.«

»Trotzdem gibt es Leute, die von hier abhauen.«

»Die soll mal einer verstehen.«

»Fahr langsam, hier kommst du nicht weiter.«

Fausto bremste hinter einer Herde, die die Fahrbahn blockierte. Die Tiere kamen auf die Maiweiden, die *mayen*, Almen mittlerer Höhenstufe. Einen Kilometer lang blieb er hinter der langen Prozession aus Rindern, die völlig ungerührt waren vom Regen, von den Glocken um ihren Hals, von den Hunden, die bellend um sie herumsprangen und sich hin und wieder trocken schüttelten.

»Was hattest du in Mailand zu suchen?«

»Ich hab meine Wohnung verkauft. Meine Mutter besucht. Meine Bücher geholt.«

»Du hattest eine Wohnung dort?«

»Zur Hälfte, zusammen mit meiner Ex. Jetzt haben wir keinen gemeinsamen Besitz mehr.«

»Gut gemacht.«

»Na ja, ich weiß nicht.«

»Und jetzt? Kaufst du dir in Fontana Fredda eine Wohnung?«

»Nein, fürs Erste will ich keine mehr. Ich suche gerade Arbeit. Babette mag Urlaub machen, aber meine Miete zahlt sich nicht von selbst.«

»Stimmt.«

Dann verließ das Vieh die asphaltierte Straße und verteilte sich auf einer Weide. Ein Riesenkerl mit Schirm und Schürze wechselte ein paar Worte mit Santorso, während sie ihn überholten. Santorso hob eine eingegipste Hand und nannte seinen Namen. *Martín, il Bello.* Er benannte alles, was ihnen begegnete, jedes Haus, jedes Dorf, jeden Menschen, jeden Wildbach und jede Weide, aber nur halblaut, in einer ureigenen Litanei. Da sind ja die *Borna Freida*, der *Prato delle Lose*, die *Barmasse,* da sind ja der *Uomo Storto* und der *Ru del Pane Perduto,* die Bar *Buon Tempo* in *Trois Villages* … Fausto musste an dieses Buch von Bruce Chatwin denken, über die australischen Ureinwohner, die Lieder statt Karten zur Orientierung benutzten. Diese Lieder enthielten alles, was einem unterwegs begegnete – einen seltsam geformten Fels, einen einsamen Baum, jemandes Feld –, sodass der Reisende, wenn er es auswendig lernte, auch die Route lernte. Santorso sang seinen Heimweg, das Lied seines Tals. Fausto fragte sich, ob er es eines Tages ebenfalls singen würde.

»Und was haben sie dir zum Thema Alkohol gesagt?«

»Dir haben sie nichts gesagt?«

»Mir nicht, nein.«

»Du darfst zu den Hauptmahlzeiten ein Glas Rotwein trinken. Und hin und wieder ein Bier.«

»Immerhin.«

»Ich möchte sehen, wie du das hinkriegst, so ganz ohne Hände.«

»Mir fällt schon was ein.«

In Tre Villaggi nahmen sie den Abzweig nach Fontana Fredda. Von da an fiel der Mai immer mehr zurück, um schließlich zu verschwinden. Auf 1500 Metern hatten die Lärchen noch keine Nadeln, auf den Weiden sprossen die ersten Krokusse, und nur die Wildbäche führten bereits Wasser. Hinter der letzten Biegung, auf inzwischen 1800 Metern, wurde der Regen zu Schnee.

»*La Siberia*«, sagte Santorso. Damit endete sein Lied.

»Dabei ist angeblich Frühling.«

Fausto brachte ihn bis zur Haustür, wo seine Tochter ihn bereits erwartete, eine hochgewachsene, kräftige junge Frau mit etwas markanteren Zügen als der Vater und mit der hellen Haut der Rothaarigen wie der ihrer Mutter. Das Rot, das bei Babette nur noch eine ferne Erinnerung war, leuchtete bei ihr regelrecht, es war das Rot des Klatschmohns und stach aus der grauen Landschaft hervor. Die junge Frau öffnete ihrem Vater, der sich mit seinen in Schlingen befindlichen Armen schwertat, die Autotür. Sie gingen ins Haus, während Fausto die Packungen mit Erbsen, Bohnen, Sojabratlingen und Tiefkühlfisch auslud, die er besorgt hatte.

17

Eine Postkarte

Aber der Frühling ließ sich nicht aufhalten; dieser Instinkt loszulassen, sich zu öffnen, aufzublühen, war einfach zu stark. Aus den Brunnen von Fontana Fredda sprudelte Wasser, das die Becken zum Überlaufen brachte, und die durch das Tauwetter entstandenen Wildbäche gruben Rinnen ins Geröll, legten die Steine auf den Wegen frei. Die Sonne wärmte die Mauern auf den Terrassenfeldern und weckte die Vipern aus ihrem Winterschlaf. Fausto konnte sie bei der Paarung beobachten, dort unten an dem Ort, der *le Murazze* genannt wurde: Die sonst so scheuen Vipern ließen jede Vorsicht fahren, und Begegnungen mit ihnen konnten gefährlich werden. Wenn man sie umeinander geringelt vorfand, machte man besser einen großen Bogen, um sie nicht zu stören. Wie im Herbst unternahm Fausto wieder stundenlange Märsche. Er stieg bis zur Schneegrenze auf oder lief durch die schwer mitgenommenen Wälder, wo sich die Steinböcke die Hörner an einem Baumstamm wetzten und sich die Haut aufrissen, bis sie blutete, um endlich den neuen Kopfschmuck freizulegen.

In diesen Tagen blätterte er wieder in dem Buch, das Silvia ihm geschenkt hatte, ihrer beider geheimer Hokusai. Es gab tausend Übereinstimmungen zwischen den alten Drucken und dem, was er vor dem Fenster sah. In Fontana Fredda verbrannten die Bergbewohner Wacholder und Gestrüpp und ebneten mit der Egge Maulwurfshügel ein. Gemma kam mit einem kleinen Messer vorbei, um Blattzichorie zu ernten: Völlig allein auf der Weide, bückte sie sich alle zwei, drei Schritte und füllte ganze Säcke damit. Auch hier schienen alle den Fuji zu ignorieren, der sie beobachtete.

Ganz hinten im Buch fand er den einzigen Text, den Hokusai hinterlassen hatte: »Schon mit sechs Jahren war ich davon besessen, die Form der Dinge zu skizzieren. Nach meinem 50. Lebensjahr machte ich eine Reihe von Grafiken, aber alles, was ich vor meinem 70. produziert habe, ist der Rede nicht wert. Im Alter von 73 lernte ich schließlich etwas über die wahre Natur von Tieren, Insekten, Fischen und über das Wesen der Pflanzen und Bäume. Deshalb werde ich im Alter von 86 wohl mehr und mehr Fortschritte erzielt haben, mit 90 werde ich dann noch tiefer in die Bedeutung der Kunst eingestiegen sein. Im Alter von 100 werde ich einen exzellenten Rang erreicht haben, und mit 110 werden jeder Punkt, jede Linie ein eigenes Leben haben. Ich hoffe nur, dass einige Leute so alt werden, um den Wahrheitsgehalt meiner Worte zu erkennen.« Signiert mit »Der vom Malen Besessene«.

Nur Babette fehlte in Fontana Fredda, das Schild an der Tür verblasste von Tag zu Tag mehr. Fausto bekam Lust auf etwas, das er schon sehr lange nicht mehr gemacht hatte: Er griff zu Stift und Papier und setzte sich hin, um ihr einen Brief zu schreiben. Er wusste noch gut, wie gern er das früher getan hatte, das waren seine ersten Schreibversuche gewesen. Wie viele Briefe er den Mädchen geschrieben hatte, in die er verliebt gewesen war! Auf drei Seiten erzählte er Babette von diesem Frühling, von Veronica und der Wohnung in Mailand, von seinen Zweifeln und dem Gefühl, versagt zu haben, das die Tage in der Stadt bei ihm hinterlassen hatten. Dann von Luigis Unfall und von der Begegnung mit ihrer Tochter, die ihr sehr ähnlich sehe. Er schrieb ihr, dass sie trotz ihrer vielfältigen Beschwerden in Fontana Fredda doch etwas Gutes zuwege gebracht habe, nämlich eine so reizende Tochter – ganz zu schweigen von dem Lokal, das für viele ein echter Zufluchtsort geworden sei. Für ihn sei es das auf jeden Fall gewesen, er habe dort in einer schwierigen Lebensphase Aufnahme und Verständnis gefunden, Anerkennung für seine begrenzten Kochkünste und gute Laune, während draußen minus zwanzig Grad geherrscht hätten. Er rief ihr in Erinnerung, dass bei dem berühmten Gastmahl in Blixens Erzählung, das Babette ein Vermögen gekostet hatte, keiner der norwegischen Hinterwäldler überhaupt merkte, welche Köstlichkeiten er da vorgesetzt bekam, mit Ausnahme eines pensionierten Generals, der jahrelang in Paris gelebt hatte. Schweigend, weil er sich niemandem verständlich machen konnte, aß dieser alte Soldat und dachte: Diese Frau ist eine große Künstlerin. Bei näherer Betrachtung war das die Schlüsselstelle der Erzählung: Einer von ihnen hatte sie wahrgenommen, sie gewürdigt, sodass sich Babettes Gastmahl gelohnt hatte, weil es immerhin ein einziger Mensch auf der Welt genossen hatte.

Am Ende schrieb er: »Und wie geht es dir? Du fehlst uns. Kommst du zurück?«

Dann fuhr er hinunter nach Tre Villaggi, ging zum Kiosk und bat um eine Postkarte von Fontana Fredda. Die Zeitungsverkäuferin holte ein Päckchen aus dem hintersten Winkel ihres Lagers. Eines der Kartenmotive war eine alte Fotografie: Fontana Fredda im Jahre 1933, nichts als ein paar wenige Natursteinhäuser, keine Straße, keine Laternenmasten, keine Feriendörfer, kein *Babettes Gastmahl* und kein Sessellift, dafür ein Bauer, der seinen Ochsen einen Saumpfad hochtrieb, und die Berge. Noch zeitloser als die bewirtschafteten Felder und Heuhaufen waren die Berge. Fausto steckte Brief und Postkarte in einen Umschlag und notierte darauf die einzige Adresse, die er hatte: die des Restaurants. In der Hoffnung, dass sich Babette, wo auch immer sie stecken mochte, die Post nachsenden ließ. Andererseits: Was änderte es schon, wenn sie den Brief nicht in einer Woche, sondern erst in einem Jahr lesen würde? Er war froh, ihr das alles geschrieben zu haben. Er klebte eine Briefmarke auf, warf den Umschlag gleich neben dem Kiosk ein und hatte das Gefühl, dass dieser einen sehr weiten Weg antreten würde.

18

Altes Holz

Santorsos Haus lag etwas höher als das Dorf, es war weiß
verputzt und zeigte nach Süden, direkt zur Sonne. Es
war ein Bauernhaus oder zumindest einmal als solches
gedacht gewesen. Doch während der Heuboden noch
benutzt wurde, war aus dem Stall ein Lager geworden,
vollgestopft mit Werkzeug, Erinnerungsstücken und der
Ausbeute seiner Streifzüge durch den Wald.

»Das ist die reinste Wunderkammer«, bemerkte Fausto.

»Oder ein Müllabladeplatz.«

»War das mal ein Stall?«

»Theoretisch schon. Das Haus hat mein Vater gebaut,
der Tiere jedoch gehasst und stets als Maurer gearbeitet
hat. Vielleicht hat er gehofft, dass ich die Tradition fort-
führe, aber wie du siehst ...«

»Hier gibt es keine Kühe.«

»Was will man machen, es gibt Jagd- und es gibt Hüte-
hunde. Ein jeder folgt seinem Instinkt.«

»Und was machst du mit dem Heu?«

»Das verkaufe oder tausche ich. Am meisten liebe ich altes Holz.«

In einer Ecke lehnten stapelweise angegraute Bretter. Viele waren schmutzverkrustet, von einem Mist, der in verfallenen Berghütten immer schon viele Jahrhunderte alt zu sein schien. Einige Bretter hatten sich durch Feuchtigkeit verzogen, andere waren voller krummer Nägel.

»Das ist alles Lärchenholz. Auf den ersten Blick sieht es schlimm aus, aber schau nur, wie es wird, wenn man es säubert.«

Er konnte es ihm nicht mit den Händen zeigen, deshalb tat er es mit dem Fuß: ein Brett, das er gewaschen und gebürstet hatte, bis die Holzmaserung zum Vorschein gekommen und das Grau einem lebhaften Rot gewichen war.

»Ist das seine natürliche Farbe?«

»Einerseits ist es das Rot von Lärchenholz, andererseits die ganze Scheiße, die es aufgesaugt hat. Auch den Geruch kriegst du nie mehr weg.«

»Und was machst du damit?«

»Ich hatte an einen Tisch gedacht. Jetzt mach ich gar nichts mehr damit. Es wird hier noch eine ganze Weile vor sich hin altern.«

Fausto schnupperte an dem Holz: Es war von einem starken, aber nicht unangenehmen Geruch durchtränkt. Die Löcher von den Nägeln, die in dem Brett gesteckt hatten, wiesen Ringe in einem dunkleren Rotton auf, vom Rost der Nagelköpfe.

Santorso hatte an seiner Werkbank Platz genommen. Er räusperte sich und sagte: »Vielleicht hab ich ja was für dich.«

»Wie meinst du das?«

»Einen Job.«

»Etwas mit Holz?«

»Eher im Holzfällerbereich. Die Regionalregierung im Tal hat beschlossen, die Wälder aufzuräumen. Es werden Teams zusammengestellt. Ich kenne da noch Leute.«

»Holzfällerteams?«

»Ja.«

»Und was hab ich damit zu tun? Ich hab noch nie in meinem Leben eine Motorsäge in der Hand gehabt.«

»Als Koch, hab ich gedacht.«

Fausto legte das Brett weg und wurde hellhörig.

»Die Teams bestehen aus zehn, zwölf Forstarbeitern, die die Bäume fällen«, sagte Santorso, »und aus einem Koch, der halbtags arbeitet. Die Baustellen sind zu weit weg, um zum Mittagessen nach Hause zu gehen, da ist es besser, wenn jemand vor Ort kocht. Du gehst morgens mit den Einkäufen rauf, hast einen Feldkocher, Töpfe und deine gesamte Ausrüstung dort und bist um zwei wieder fertig. Normalerweise stellen sie Köch*innen* ein, aber ich dachte …«

»Das wäre super.«

»Hätte ich mich nicht verletzt, würde ich mich ebenfalls bewerben, die zahlen nämlich gut, weißt du? Außerdem dauert es den ganzen Sommer über.«

»Den ganzen Sommer im Wald.«

»Kochen. Du kannst doch kochen.«

»Inzwischen ja.«

»Dann ruf ich ihn an.«

Koch für Holzfäller: Auch so eine Lektion, die Fontana Fredda dem Schriftsteller Fausto Dalmasso erteilte. Erstens: Jemand, der etwas zu essen macht, wird immer gebraucht, jemand, der schreibt, nicht unbedingt. Zweitens: Es stimmte, dass dieser Mann nicht »Danke« sagen konnte und vermutlich nicht einmal »Entschuldigung«, aber er wusste, wie man sich revanchiert, und das wog mehr als Worte.

Sie betraten das Haus, in dem die Tochter bereits Tee gekocht hatte. Sie setzten sich, und Fausto fiel als Erstes der ausgestopfte Vogel auf. Er saß auf einem Ast, der aus einem an der Wand befestigten Brett herausragte. Der blaue Hals hob sich vom schwarzen Federkleid ab, und die Flügel waren kämpferisch ausgebreitet.

»Ist das ein Auerhahn?«

»Ein Birkhahn. Der Auerhahn ist hier schon seit einer ganzen Weile ausgestorben.«

»Ich geh dann mal«, sagte die Tochter. »Ich nehme den Wagen.«

»Ciao, mein Kind, viel Spaß.«

»Ciao, Papa.« Sie beugte sich vor, um den Vater auf die Wange zu küssen. »Überanstreng dich nicht, verstanden?«

»Zu Befehl.«

»Ciao, Fausto.«

»Ciao, Caterina.«

Sie war streng, diese junge Frau, streng und misstrauisch, aber wenigstens nannte sie ihn jetzt bei seinem Namen. Santorso ließ eine Minute verstreichen und zeigte dann auf das Möbelstück hinter ihm, auf eine Flasche ohne Etikett. Der Inhalt war durchsichtig, vermutlich Grappa. Fausto fand, dass sie ausnahmsweise einmal anstoßen konnten: Er goss den Tee weg, schenkte Schnaps in die Tassen und schob eine von sich fort.

»Hast du Kinder?«, fragte Santorso.

»Ich? Nein.«

»Ach! Ich bin vierundfünfzig. Es tut gut, ab und an junge Leute um sich zu haben.«

»Ich überleg es mir.«

»Und deiner Freundin, wie geht es der?«

»Meiner Freundin? Nein, nein, das ist nicht meine Freundin.«

»Schade. Die war hübsch.«

Santorso war sehr stolz, dass er ihm den Job vermittelt hatte, und wollte quatschen. Er klemmte die Tasse zwischen die Gipshände und schaffte es, sie zum Mund zu führen und einen Schluck zu nehmen. Man sah, dass sich die Technik bereits bewährt hatte.

»Das ist Gin«, sagte er. »Den mach ich selbst.«

»Du brennst Gin? Wie das? Mit einem Destillierkolben?«

»Ach, Quatsch, vergiss den Destillierkolben! Ich nehm Wodka, der nach nichts schmeckt, und gebe Wacholderbeeren dazu. Probier mal.«

Fausto kostete von dem Schnaps und staunte: Gin,

tatsächlich, nie im Leben würde man den Trick bemerken. Es war guter Gin, mit dem man sich selbst in den Bars der Mailänder Innenstadt nicht blamieren würde.

»Ich mag ihn, weil er nach Wald schmeckt«, sagte Santorso und leerte die Tasse auf seinen Freund, den Koch, auf diesen Möchtegernkoch, an dem er aus irgendeinem Grund einen Narren gefressen hatte.

19

Ein Außenposten der Menschheit

Sie war tatsächlich hübsch. Anfang Juni saß sie in einem Geländewagen, der die südwestlichen Steilhänge des Monte-Rosa-Massivs hinauffuhr, mit Dufours Sohn am Steuer und einem Mann namens Pasang Sherpa auf dem Beifahrersitz. Ein Nepalese!, dachte Silvia. Von den Nepalesen, die auf den Schutzhütten des Monte Rosa arbeiteten, hatte sie schon gehört. Sie hatte schlecht geschlafen, die Albträume hingen ihr immer noch nach und stimmten sie wehmütig. Trotzdem brach sie zu ihrem großen Abenteuer auf: In einer halben Stunde auf unbefestigten Straßen kamen sie erst an Wäldern vorbei, in denen es bereits Sommer war, und dann an noch nicht blühenden Wiesen; sie ließen Skipisten und Pfeiler geschlossener Seilbahnen hinter sich, bis sie die ersten Schneeflächen erreichten. Hier ist Frankreich, dachte sie, hier Belgien und Holland, dort Dänemark, Schweden und Norwegen. Hatte sie auch von ihrer Mutter geträumt? Zumindest fühlte sie sich so. In Norwegen waren die Firnfelder von Reifenspuren durchzogen, und auch Dufours Sohn legte die Untersetzung ein, kam noch ein paar Kehren weiter und musste dann aufgeben – ein ziemliches Stück unterhalb des Passes, wo die Straße theoretisch aufhörte.

»Endstation«, sagte er. Sie traten in die Morgenluft hinaus, holten Rucksäcke, Steigeisen und Seil aus dem Geländewagen und zogen ihre Daunenjacken an. Das Monte-Rosa-Massiv war nicht zu sehen; sie befanden sich auf einer Höhe, in der Wolken zu Nebel werden und umgekehrt.

Aus dem Fenster rief Dufours Sohn: »Hast du alles, Doko?«

»Ich denke schon.«

Um dann zu ihr zu sagen: »Pasang kennt den Weg. Wenn du müde wirst, nimmt er dich auf die Schultern.«

»Hoffentlich nicht.«

»Na, dann einen schönen Aufstieg! *Tashi delek*. Viel Glück.«

Der junge Mann wendete und verschwand Richtung Tal, bald darauf verlor sich auch der Motorlärm im Wind. Pasang griff zu den Steigeisen und ging vor Silvia in die Hocke: Er stellte die Größe ein und schnallte sie ihr an, während sie ihm erst den einen und dann den anderen Fuß hinhielt, ganz beschämt, dass sie das nicht selbst konnte.

»Hier sind wir noch nicht auf dem Gletscher, oder?«

»Nein. Aber mit den Steigeisen läuft es sich besser.«

»Wie hat er dich genannt? Doko?«

»Das ist ein Insiderwitz. Das bedeutet Korb.«

»Tragekorb?«

»Ja.«

»Heißt du deshalb Sherpa?«

Pasang schüttelte lächelnd den Kopf. Er musste es schon zigmal erzählt haben, erklärte aber geduldig: »Sherpa ist der Name eines Volkes. Wir heißen alle so.«

»Wie dumm von mir, entschuldige.«

»Das sind die Menschen, die um den Everest leben. Viele arbeiten als Träger, deshalb kommst du darauf.«

»Und was heißt Pasang?«

»Freitag.«

»Freitag?«

»Weil ich an einem Freitag geboren bin.« Er lachte. Er hatte große weiße Zähne und ein Lächeln, das seine Augen zu Schlitzen werden ließ. »Ich bin nur ein Sherpa, der an einem Freitag geboren wurde.«

»Du sprichst ausgezeichnet Italienisch.«

»Nein, das stimmt nicht. Und was bedeutet dein Name?«

»Waldfrau.«

»Silvia heißt Waldfrau?«

»Mehr oder weniger.«

»Ein schöner Name.«

Dann befestigte der Sherpa das Seil oben am Rucksack, schulterte ihn und wandte sich Richtung Berg. Der Schnee war überfroren, und Silvia wusste die Steigeisen bald zu schätzen. Sie folgte ihm wortlos, trat in seine Spuren und passte sich seinem Tempo an. Sie hatte verstanden, dass dieser Aufstieg eine Prüfung war: Warum sonst flog man sie nicht mit dem Hubschrauber hoch, zusammen mit dem Rest? Aber das war in Ordnung so, die Schutzhütte musste man sich verdienen. Mehr als tausend Höhenmeter galt es anzugehen, langsam und ohne allzu oft bergauf zu schauen und an die Strecke zu denken, die noch vor einem lag. Sie beschloss, sich auf Pasangs Füße vor ihr zu konzentrieren. Auf seine Füße, den Schnee, seine gleichmäßigen Schritte. Allmählich spürte sie, wie ihre Beine die Starre verloren, auch Herz und Lunge fanden ihren Rhythmus. Sie hatte im Frühling trainiert. Der Nebel um sie herum wirkte nicht länger feindselig, da waren nur ihre Füße und ihre Atmung, auf die sie achten musste, nur sie, Pasang und der Schnee. Unter den Schichten der Winterkleidung wurde ihr Körper langsam warm und begann zu schwitzen.

Und bei dieser Konzentration fiel ihr der Traum wieder ein: Da war ihre Mutter, die sie bat, nicht auf die Schutzhütte zu gehen, weil sie zu Hause gebraucht würde, und Silvia stritt mit ihr: »All das Gerede von Erziehung zur Selbstständigkeit, zu mutigen Entscheidungen, gilt also nur für andere, aber nicht für mich?« Darauf ihre Mutter: »Manchmal braucht man zum Bleiben mehr Mut als zum Gehen.« Argumentativ war sie ihr stets überlegen gewesen, was sie wahnsinnig ärgerte. Im Traum war sie noch jung, vielleicht fünfundvierzig, und Silvia kam sich vor wie ein kleines Mädchen.

Dass sie das Joch erreicht hatten, merkte sie erst an

der Bergstation der Seilbahn. Die war ein Fremdkörper, ein brutaler Schandfleck: die hässlichen Gebäude, die Fangnetze, die Abtragungen, der nackte Beton. Pasang ging ohne Pause weiter, wandte sich auf dem Grat nach Norden, und bald darauf verschwanden die Pistenmarkierungen unter dem Schnee. Teils wegen des Windes, der dort oben wehte, teils wegen der zu schnell gewonnenen Höhe fühlte sich Silvia auf einmal desorientiert. Noch am Vorabend hatte sie im Zug gesessen und war an Städten und sommerlichen Feldern vorbeigefahren. Jetzt zerfetzte der Wind die Wolken, und wenn sie von Pasangs Füßen aufschaute, entdeckte sie in den Lücken manchmal das Blau des Himmels, manchmal auch Felsen, Eis, Gipfel. Gipfel, die sie nicht wiedererkannte. Im Schnee Spuren, vermutlich von Gämsen oder Steinböcken, die in eine andere Richtung führten, sodass sie sich bei dem Gedanken ertappte: Wäre ich allein hier, würde ich mich verlaufen, würde hier oben in Schnee und Nebel umherirren, bis es dunkel wird, und das wäre dann das Ende.

Pasang merkte, dass sie zurückfiel, vielleicht hatte er auch ohnehin beschlossen, eine Rast einzulegen. Er stellte den Rucksack vor einem Felsblock ab, im Windschatten. Inzwischen waren sie seit fast zwei Stunden unterwegs.

»Wir kommen gut voran«, sagte er.

»Auf welcher Höhe sind wir hier?«

»Auf dreitausend Metern. Vielleicht ein wenig höher.«

Da war er also, der Polarkreis. Der Nebel gab zwei

Täler zu ihren Füßen frei: Die Gletschermoränen, die tosenden Wildbäche, die ersten Magerwiesen – all das lag inzwischen unter ihnen.

»Ich war noch nie in einer solchen Höhe.«

»Niemals?«

»In Nepal, wie ist es da auf dreitausend Metern Höhe?«

»Da sind Felder, Reisfelder.«

»Ihr baut Reis auf dreitausend Metern an?«

»Ja, und weiter oben Gerste.«

Pasang schraubte die Thermoskanne auf und füllte den Deckel mit Tee. Er bot ihn Silvia an, statt selbst davon zu trinken, und wieder fragte sie sich, ob er das aus Pflichtgefühl tat, weil sie ihm anvertraut worden war, oder einfach aus Freundlichkeit.

Der Tee war gut, heiß und stark, mit viel Zucker. Dieser Mann, seine Schritte, seine Art zu reden und sein Tee flößten ihr ein Gefühl der Ruhe ein.

»Und auf dem Everest, bist du da schon mal gewesen?«

»Das eine oder andere Mal.«

»Das eine oder andere Mal auf dem Everest?«

»Auf dem Gipfel bloß zweimal. Sonst unterhalb. Bei einer Expedition gibt es viele Aufgaben zu erledigen.«

»Zum Beispiel?«

»Möchtest du in Nepal arbeiten?«

»Schön wär's!«

»Da sind diejenigen, die das Material zum Basislager bringen. Das ist harte Arbeit, aber nicht gefährlich. Dann diejenigen, die den Gletscher mit fest verankerten Seilen und Leitern präparieren. Das ist gefährlich, wegen der Lawinen. Und schließlich die Träger im Hochgebirge, das ist sehr gefährlich. Einen Koch gibt es auch.«

»Einen Koch gibt es immer, was?«

»Meiner Meinung nach ist das der beste Job. Er ist sicher, man hat es warm, und man isst gut. Aber derjenige, der die Gipfeletappe übernimmt, wird am besten bezahlt und macht anschließend Karriere.«

»Indem er hierherkommt und im Monte-Rosa-Massiv arbeitet?«

»Vielleicht auch das!«

Silvia hatte Trockenfrüchte und Schokolade im Rucksack. Pasang nahm von der Schokolade, ohne sich bitten zu lassen, und brach sich ein großes Stück ab. Das gefiel ihr. Sie tranken noch einen Schluck Tee und gingen dann weiter, bevor sie zu sehr auskühlten.

Von hier an war alles nur noch ein einziges Geröllfeld, von dem der Wind den Schnee an einigen Stellen weggefegt hatte. Unter ihnen reihten sich kleine Senken aneinander, kleine gefrorene Seen, die kaum mehr waren als Pfützen. Dann wurde der Grat schmaler und fiel an den Seiten noch steiler ab, wurde zu einem Felsenkamm. Nun fanden sie ins Gestein eingelassene Seile und Stahltritte vor und mussten sich auch mit den Händen festhalten. Silvia war froh darüber, weil es sie davon abhielt, sich ablenken zu lassen, sich in ihren Gedanken zu verlieren und ein schlechtes Gewissen wegen ihrer Mutter zu haben. Mit Fels kannte sie sich besser aus als mit Schnee.

»Jetzt ist es nicht mehr weit«, sagte Pasang.

»Es macht Spaß.«

»Kletterst du?«

»Ein wenig.«

»Also gehen wir weiter wie gehabt?«

»Ja, klar.«

Sie folgte ihm auf einer fast senkrechten Passage aus Tritten und Seilen, dann über eine kleine Holzbrücke, die direkt auf dem Kamm platziert worden war, um eine Lücke zwischen den Felsen zu schließen. Ein schmales Stück Weg, glatte schräge Steinplatten, die aussahen wie eine Rutsche ins Nichts. Vielleicht war dieser Nebel ein Glück, er entzog die Felsvorsprünge der Sicht und konfrontierte einen erst im letzten Moment mit den Schwierigkeiten, wenn man sie direkt vor Augen hatte, direkt unter den Händen. Trotzdem entdeckte Pasang etwas, das ihm nicht gefiel.

»Vielleicht seil ich dich lieber an«, sagte er.

»Hier? Sind wir nicht fast am Ziel?«

»Ja, aber das hier ist gar nicht gut. Es dauert zwei Minuten.«

Silvia wollte nicht diskutieren, fühlte sich aber gedemütigt. Dieser Bergkamm war nichts Besonderes, in den Dolomiten hatte sie ganz andere Sachen gemacht. Ihr wäre es deutlich lieber gewesen, wenn er weitergegangen wäre und ihr vertraut hätte. Sie versuchte, wenigstens das mit den Knoten hinzukriegen: Sie legte den Klettergurt an, zurrte ihn fest, nahm ein Ende des Seils und befestigte es mit einem doppelten Achterknoten. Dann wartete sie, bis Pasang die Stelle überwunden, eine

Reepschnur an einem Felsvorsprung befestigt und sie beide gesichert hatte.

»Komm ruhig. Die Steigeisen fest aufsetzen.«

Erst als sie sich auf den schrägen Steinplatten befand, bemerkte sie, dass sie von einer dünnen Eisschicht überzogen waren. Pasang hatte recht, das war eine scheußliche Stelle. Die Steigeisen mussten auf millimeterdünnem Eis Halt finden, das sie mit beherzten, raschen Schritten überwand, überaus dankbar, dass sie angeseilt war. Er wiederholte das Manöver noch ein weiteres Mal, an einer kleinen Rinne mit hart gefrorenem Schnee, in den er mit dem Eispickel Stufen schlagen musste. Ansonsten liefen sie hintereinander bis ans Ende des Kamms. Zum Glück hatten sie ihr Ziel erreicht, denn auf 3500 Metern Höhe bekam sie langsam Kopfschmerzen: Sie fühlte sich verwirrt, erschöpft, sah zu, wie sich ihre Füße und Hände fast eigenständig bewegten.

Die Quintino-Sella-Hütte tauchte erst im letzten Moment auf, auf einem Plateau am Ausläufer des Gletschers. Man hätte sie genauso gut für eine Basisstation in der Arktis halten können: ein großes Gebäude in Form eines auf dem Kopf stehenden Trapezes, auf einer Seite mit Solarpaneelen bedeckt. Die alte Hütte aus Holz lag ein Stück weiter oben, sie war tatsächlich eine Hütte von Pionieren, und vor dem Abgrund ragte das Toilettengebäude auf. Auf dem Plateau vor der neuen Hütte flatterten an einem Stab, der in einem hohen Steinhaufen steckte, Girlanden mit tibetischen Gebetsfahnen, beschwert von darum herum verteilten weiteren kleinen

Steinhaufen. Die bunten Fähnchen verliehen diesem feucht-nebligen Vormittag etwas Fröhliches.

Auf dem Hubschrauberlandeplatz holte Dufour das Material aus den Lastentransportnetzen. Sie waren voller Proviant: Kisten mit Bier und Wein, Klopapier und anderem Zeug, das hineingetragen werden musste. Und schon ging es los mit der Arbeit!

»Ah, Doko«, sagte der Bergführer. »Schön, dich zu sehen.«

»Ciao, Chef. Wir sind da.«

20

Die Holzfäller

In den Wäldern hingegen gab es keine Nepalesen, dort gab es Bergamasker, Veltliner und Moldawier, die Italienisch mit Bergamasker oder Veltliner Einschlag sprachen. Fausto stieg zur Baustelle auf, zwischen Hunderten mit einem roten Punkt gekennzeichneten Bäumen, die kaputt, schief oder krank waren und umzufallen drohten. Er lauschte dem Gebrüll der Holzfäller. Auch die Motorsägen sprachen eine eigene Sprache; nach einem Monat beherrschte er sie ebenfalls und erkannte sie wieder: die Stimme der Stihl und der Husqvarna, den seitlich ansetzenden Fallkerb und den gegenüberliegenden Fällschnitt. Ein Motor klang trockener, so als bekäme er falschen Diesel. Das Fällen wurde von Axtschlägen gegen den Keil unterbrochen. Den trieb man ins Holz, damit die Schiene der Motorsäge nicht eingeklemmt wurde. Dann folgte der Warnruf »Baum kommt!«, und Fausto blieb stehen. Er hörte das Krachen, wenn er brach, ein unheimliches Geräusch, das einen zwang, in

Deckung zu gehen, und schließlich den dumpfen Knall des Aufpralls. Ein Knall, der im Juni bereits durch dichtes Laub gedämpft wurde. Jetzt sah er, wohin der Baum gefallen war, gar nicht mal weit von ihm weg: Zwischen den Ästen der noch stehen gebliebenen Bäume öffnete sich ein Stück Himmel, das vorher nicht da gewesen war, und Sonnenlicht erhellte das Unterholz.

Er erreichte den Container, der als Küche diente, und nahm das frische Brot und die Einkäufe aus dem Rucksack. Zwischen vier geschwärzten Steinen schichtete er die unterwegs eingesammelten Lärchenzweige auf. Er nahm ein Stück Zeitung, knüllte es zusammen und zündete es an, schob es unter die Zweige und pustete so lange, bis eine lebhafte Flamme entstanden war. Das Moos, das an den Bäumen wuchs, fing in getrocknetem Zustand noch besser Feuer als Papier. Der Geruch nach brennendem Lärchenholz war Fausto der liebste: ein Duft aus den Sommern seiner Kindheit, der ihm stets das Gefühl von Heimat schenkte.

»Der Koch ist da!«, brüllte einer aus der Ferne.

Fausto ging zum Wasserschlauch und füllte den großen Kupferkessel, stellte ihn auf die Steine. Im Container kochte er sich auf dem Gasherd einen Kaffee, und bevor er mit seiner Arbeit begann, trank er eine Tasse am Feuer. Der Duft von Wald, Feuer, Kaffee, Benzin, Motorsägenabgasen: Vormittagsduft. Was war heute für ein Tag? Ein Freitag Ende Juni. So langsam konnte man nur noch kurzärmelig herumlaufen. Ob Silvia auf der Schutzhütte fror? Ob sie sich das Haar so waschen konnte, wie sie es mochte? Keine Ahnung, ob sie es dort oben auch allabendlich wusch und wie sie es bewerkstelligte, es auf 3500 Metern zu trocknen. Ihm fiel wieder ein, wie er erst vor einem Jahr in Mailand bei Bullenhitze mit Veronica gestritten hatte, die vielleicht fremdgegangen war oder auch nicht, das hatte er nie so genau klären können. Sie hatten sich angeschrien, nass geschwitzt, weil er sich einer Klimaanlage in der Wohnung verweigert hatte. »Ich hasse Klimaanlagen!«, hatte er gesagt. Und darauf sie: »Vielen Dank auch, denn sobald es warm wird, haust du ab. Sobald es ein Problem gibt, gehst du in die Berge!« Wie schnell sich das Leben doch ändern konnte. Er trank seinen Kaffee aus und begann, Kartoffeln zu schälen, Zwiebeln und Speck zu würfeln, Steaks von einem Stück Rindfleisch abzusäbeln, das ihm der Metzger erst vor Kurzem eingepackt hatte.

Die Holzfäller hatten dieselben Essensvorlieben wie die Sesselliftmitarbeiter, und das hieß stets Nudeln, Fleisch und Kartoffeln, auch wenn Fausto Wert darauf legte, sie abwechslungsreich zuzubereiten und trotzdem gemocht zu werden. Heute waren es *Patate alla Mario* aus einer Kurzgeschichte von Mario Rigoni Stern. Er kochte die Kartoffeln im Kessel, bis sie beinahe zerfielen, schmorte vier Zwiebeln in einem Buttersee an und gab die Kartoffeln anschließend dazu. Auf dem Herd briet er die Steaks mit Rosmarin. Dann benutzte er erneut den Kessel, um zwei Kilo Spaghetti zu kochen, die er Viertel vor zwölf aufsetzte. Es gab auch einen Ruf zum Mittagessen. Den hatten ihm die Bergamasker beigebracht, die

Wert auf Pünktlichkeit legten. »*L'è dura!*« – »Sie ist fest«, rief er um Punkt zwölf, womit die Polenta gemeint war, auch wenn es an diesem Tag Spaghetti Carbonara gab. Dann goss er die Nudeln ab und gab sie zum brutzelnden Speck. Die Motorsägen verstummten, eine nach der anderen, so als witterten sie den Duft.

Gegessen wurde im Container, auch wenn draußen die Sonne schien. Wer acht Stunden im Freien arbeitet, isst gern in geschlossenen Räumen und stellt die Beine unter einen Tisch. An diesem Tag schaute auch Santorso vorbei, der vor Kurzem die Gipsverbände abbekommen hatte. Seine Hände sahen ganz normal aus, von den Operationsnarben einmal abgesehen. Solange er sie nicht benutzen musste. Erst dann merkte man, wie wenig sie noch beherrschten. Die Holzfäller hatten Verständnis. Während Fausto Steaks und Kartoffeln ausgab, hörte er sie über Arbeitsunfälle diskutieren. Sie erzählten von verrückt gewordenen Bäumen, die zur falschen Seite umstürzten, sich im Fall drehten wie Kreisel oder auf unvorhergesehene Weise vom Boden abprallten, um Schädel und Rücken zu zertrümmern. Dann von unaufmerksamen Kollegen, die sich in ihrer Nachlässigkeit in die Stirn oder ein Bein gesägt hatten, woraufhin sie nach dem Mittagessen keine Bäume mehr fällten. Fausto servierte Kaffee und stellte eine Flasche Sambuca auf den Tisch, mit dem der eine oder andere seinen Espresso verlängerte. Santorso schenkte sich die gesamte Tasse voll, mit sehr umständlichen Bewegungen, und als sich die anderen mit einem Zahnstocher zwischen den Lippen erhoben und langsam wieder in Gang kamen, nahm er draußen am herunterbrennenden Feuer Platz.

Er war es nicht gewohnt, anderen beim Arbeiten zuzuschauen. Die Holzfäller begannen, Äste zu stapeln und Stämme zu zersägen, um sie mit dem Traktor abschleppen zu können. Fausto verbrannte die Pappteller und Papierservietten, gab das letzte heiße Wasser mit etwas Spülmittel in die Töpfe, krempelte die Ärmel hoch und machte sich ans Schrubben.

Santorso sammelte eine Handvoll Späne, die überall herumlagen. Dann führte er die bemitleidenswerte Hand zur Nase und sagte: »Eine der Motorsägen ist stumpf geworden.«

»Ach ja?«

»Das sieht man am Span: Je feiner er ist, desto stumpfer das Sägeblatt.«

»Ich verstehe.«

»Weißt du, was das für ein Geruch ist, Faus?«

Für Fausto war es der nach Harz, nach frischem Holz – ein berauschender Duft, der von den Baumstümpfen der Lärchen kam, den aufeinandergestapelten Stämmen, dem allgegenwärtigen Spanteppich. Abends streifte er ihn mit der Kleidung ab, doch sobald er in das Hemd vom Vortag schlüpfte, haftete er ihm wieder an. Doch er wollte es von Santorso selbst hören, deswegen sagte er: »Nein, was ist das für ein Geruch?«

»Der Geruch des Holzfällens.«

»Ein guter Geruch, stimmt's?«

»Und ob der gut ist, verdammt noch mal! Weißt du,

wie lange ich den schon nicht mehr gerochen habe? Das dürfte jetzt vierzig Jahre her sein.«

»Da wurde ich geboren.«

»Wer weiß, ob ich ihn noch mal riechen werde.«

»Hör auf mit dem Schwachsinn, du bist besser in Form als ich.«

Auf den Wirtschaftswegen kamen die Viehbauern vorbei, die auf die Almen wollten, und einer von ihnen hielt seinen Traktor mit Anhänger an. Ob er ein wenig Reisig für ein Feuer mitnehmen dürfe? Da fiel Fausto wieder ein, welcher Tag heute war: der 29. Juni, Peter und Paul. In irgendeinem anderen Tal wurden die Bergfeuer am Johannistag entzündet, aber es waren so oder so Sonnwendfeuer, die es schon viel länger gab als diese Heiligen.

»Das weiß ich nicht, da muss ich erst fragen«, erwiderte er.

»Aber natürlich«, sagte Santorso. »Nimm nur, nimm! Das Zeug vergammelt hier bloß, du tust ihnen einen Gefallen, wenn du es mitnimmst.«

Der Viehbauer lud den ganzen Anhänger voll, um mit der schwankenden Fracht zu seinem Stall aufzubrechen.

21

Die Bergfeuer

Es war nach zehn an diesem Abend, als der letzte Schein des langen Junisonnenuntergangs endlich verglommen war. Daraufhin wurden die Holzhaufen auf den Almen, die aufeinandergeschichteten Äste, Kisten, Bänke, Futtersäcke und alten Autoreifen mit Benzin übergossen und angezündet. Santorso sah, wie einer nach dem anderen aufleuchtete, auf etwas über zweitausend Metern: An den dunklen Berghängen flackerten die Feuer und wetteiferten darum, welches das höchste und leuchtendste war. Er zählte fünf, sechs, sieben. Sie wurden schwächer, um dann durch einen Windstoß wieder aufzuflammen. Nicht einmal er schaffte es, bei diesem Anblick ungerührt zu bleiben. Die Feuer besagten, dass es dort oben in den Bergen immer noch jemanden gab, dass dieses Leben existierte, sollten es die Leute im Tal denn vergessen haben.

Abends machte er Spaziergänge, so blieb ihm weniger Zeit zum Trinken. Die Hände funktionierten nicht besonders, aber seine Beine waren nach Monaten der Rekonvaleszenz auch nicht viel besser dran. Er war gezwungen, ganz langsam aufzusteigen, die leichtesten Wege zu nehmen, auf sein Herz zu lauschen, vor dessen Versagen man ihn gewarnt hatte. Als er mit Fausto vom Krankenhaus zurückgekehrt war, hatte er zum ersten Mal in seinem Leben den Höhenunterschied gespürt: Das Herz hatte ihm bis zum Hals geschlagen, und er hatte nach Luft gerungen, auch wenn er das nie jemandem verraten hätte. Die Einzige, der er davon hätte erzählen können, war aus Fontana Fredda verschwunden, ohne auch nur eine Adresse zu hinterlassen.

Der Himmel war jetzt dunkel, hatte auch noch den letzten Sommerschimmer verloren. Von den Bergfeuern in der Ferne war nur noch Asche übrig, dafür spendeten die Sterne etwas Licht. Er hatte noch nie gern Taschenlampen benutzt, die einen eher für andere sichtbar machten, als einem selbst Sicht zu verschaffen. Die Augen hingegen sahen langsam schärfer, nahmen neue Reflexe und Umrisse wahr, vorausgesetzt man gab ihnen die Zeit, sich anzupassen: Und so entdeckte er an diesem Abend das Gerippe einer Gämse, fast schon am Ufer des Wildbachs. An einer Stelle, wo im Winter Lawinen aufeinandertrafen, deren Spuren an den Hängen nach wie vor zu sehen waren. Zunächst dachte Santorso an ein Tier, das davon überrascht und erfasst, unter dem Schnee konserviert worden war, um im Frühling wieder zum Vorschein zu kommen und von Füchsen und

Krähen gefressen zu werden. Er ging näher heran, um es sich genauer anzuschauen, und schloss aus den Hörnern, dass es etwa zehn Jahre alt gewesen sein dürfte, für dieses Jagdrevier durchaus ein altes Exemplar. Dann merkte er, dass es aufgebrochen worden war, vor gar nicht mal so langer Zeit, und dass die Innereien wenige Meter von dem toten Tier entfernt lagen. Gut möglich, dass diese Gämse erst heute erlegt worden war. Der Jäger hatte ihr den Bauch aufgerissen, die Innereien, die er nicht mochte, herausgezerrt und fortgeschleppt, um dann zurückzukehren und Herz, Leber und Lunge zu fressen. Er hatte seine Mahlzeit unterbrochen, vielleicht weil er gestört worden war, unter Umständen sogar von ihm, Santorso? Er sah sich um. In der Dunkelheit konnte er nichts als Felsen und den glitzernden Wildbach erkennen.

Da bist du ja!, dachte er. Na dann, herzlich willkommen. Die einen gehen, die anderen kehren zurück, hab ich recht? Manche krepieren, manche vögeln, und wieder andere gehen auf die Jagd. Die Welt gehört dem, der sie sich nimmt.

Von der Gämse würde im Lauf des Tages nichts mehr übrig bleiben, deshalb wollte auch er etwas mitnehmen. Vielleicht eines dieser schönen schwarzen hakenförmigen Hörner. Früher hätte es genügt, zuzupacken, es zu drehen und fest daran zu ziehen, dann hätte sich der hohle Überzug vom Knochenzapfen gelöst und wäre nur noch von Gewebe gehalten worden. Jetzt schaffte es seine Hand gerade noch, die Finger um dieses hakenförmige Horn zu schließen. Mit der Linken hielt er den Schädel der Gämse, mit der Rechten versuchte er zu ziehen und spürte, wie seine Finger abrutschten.

22

Die Nachteule

In dieser Nacht klingelte Silvias Wecker um drei. Sie schlief nicht wirklich und stellte ihn aus, bevor er die Tochter Dufours, mit der sie sich das Zimmer teilte, stören konnte. Sie nahm Stirnlampe und Zahnbürste vom Nachttisch, schlüpfte in Hose und Jacke und ging nach draußen. Nach der Wärme der Daunendecke in die Kälte auf 3500 Metern hinauszutreten, war ein Schock: mehrere Grad unter null, dazu der Wind, der in dieser Höhe nie aufhörte zu wehen. Im Toilettengebäude schlug ihr heftiger Latrinengestank entgegen, Ammoniak, künstliche Düfte, aber wenigstens wurde der Wind dort schwächer und ließ nur das Wellblech vibrieren. Dafür stieg er von der Stehtoilette auf, als sie die Hose herunterließ und in die Hocke ging. Die »Spülung« war nichts als ein Fallrohr auf den Gletscher, und die Kälte, die sich hier wieder Bahn brach, zwang sie zu hastigen Verrichtungen. Sie putzte sich die Zähne mit eiskaltem Wasser, wusch sich auch Gesicht und Ohren, nahm die Stirnlampe ab und richtete sie auf sich, um sich im Spiegel zu betrachten. Was hast du nur für Augenringe!, dachte sie. Weißt du eigentlich, wie spät es ist? Ihr Gesicht schien in einem Monat um zehn Jahre gealtert zu sein – aufgrund der Höhe, des unruhigen Schlafs, des Windes und der sengenden Sonne.

Als sie das Toilettengebäude verließ, leuchtete der Gletscher. Er fing den Abglanz der Sterne ein und gab ihn an die Nacht ab. Bei diesem Anblick fühlte sich Silvia, wenn sie allein war, wie vor einem Himmelskörper, vor einem bis in alle Ewigkeit vom Wind glatt geschliffenen Planeten. Sonst drang von dort keinerlei Geräusch an ihre Ohren, er war eine starre, makellos weiße Wüste. Wandte sie sich talwärts, sah sie die Lichter der Dörfer, zweitausend Meter unter ihr. Da war er wieder, der alte blaue Planet. Sie bekam heftige Sehnsucht. Er war so nah, dass man die Straßenlaternen, die wenigen Autos, die jetzt unterwegs waren, und die Tankstellen erkennen konnte. Noch vor Kurzem hatten die Leute dort unten auf der Piazza Bier getrunken, geraucht und geredet, während Musik aus den Kneipen drang. Auf dem alten blauen Planeten, diesem so überaus chaotischen Planeten, war es gerade Sommer geworden. Dann wurde ihr wieder kalt und sie ging hinein.

In der Küche stellte sie den großen Topf auf den Herd und setzte sich daneben, um sich aufzuwärmen und endlich die Windjacke ausziehen zu können. Sie aß ein paar Kekse, bis das Wasser kochte. Unten im Tal hatte sie sich Faustos Buch beschafft. Sie las eine Kurzgeschichte, in der ein Mann und eine Frau auf einer fremden Hochzeit beschlossen, sich zu trennen. Sie gefiel ihr, auch wenn sie ein bisschen maniert war, in Nachahmung der Autoren, die er offensichtlich damals gelesen hatte. Hin und wieder nahm sie eine Stimme wahr, die versuchte, sich Gehör zu verschaffen: mit treffenden Bemerkungen und kleinen Sentenzen über die Liebe. Silvia stellte sich einen draufgängerischen Fausto vor, einen, der nicht so ironisch und von Zweifeln geplagt war. In der Kurzgeschichte kamen jede Menge Biere vor, Autobahnen, Autogrills, Zigaretten, aber keinerlei Berge. Es war seltsam, sich Fausto in einer Lebensphase vorzustellen, in der es keine Berge gab.

Gegen vier kippte sie eine ganze Schachtel Teebeutel in den großen Topf, gab ein halbes Kilo Zucker dazu und begann, mit Schöpflöffel und Trichter die Thermoskannen zu füllen. Jemand schaltete den Generator ein, und in der Küche ging das Licht an. Dann kam Pasang, verschlafen und verfroren.

»Hast du im Dunkeln gearbeitet?«

»Ja, so ist es ruhiger.«

»Gibt es Tee?«

»Na klar. Mit viel Zucker, genau wie du ihn magst.«

»Es kann gar nicht genug Zucker drin sein.«

»Da hast du recht.«

Im Obergeschoss begannen die Wecker zu klingeln, die Decke knarzte. Zuerst standen diejenigen auf, die zur Liskamm-Überschreitung aufbrachen, mit den müden Gesichtern derer, die sich die ganze Nacht hin- und hergewälzt hatten. Nur die Bergführer konnten vor der Bezwingung des »Menschenfressers« schlafen. Die Gäste frühstückten, wechselten ein paar Worte auf Deutsch, Polnisch, Niederländisch und verstauten die Thermoskannen in ihren Rucksäcken.

In der Eingangshalle zogen sie sich für den Aufstieg an und gingen dann hinaus auf die Terrasse, um die Steigeisen anzuschnallen und die Klettergurte anzulegen. Dann wagten sie sich auf den Gletscher, zwei oder drei Seilschaften, Lichterketten, die sich in der Dunkelheit verloren.

Anschließend standen auch die anderen auf. Die Bergsteiger, die die Schneedomspitze überschreiten wollten, danach jene, die den Castor anpeilten, und zu guter Letzt die paar wenigen, die nirgendwohin wollten, gern noch länger geschlafen hätten, aber vom Tumult geweckt worden waren. Auch Dufours Tochter kam herunter: Sie hieß Arianna, war dreißig Jahre alt und verbrachte die Sommer von klein auf hier oben. Für sie war die Schutzhütte eine Art Familienlokal. Darüber hinaus hatte sie studiert, Indien und Nepal bereist und arbeitete im Winter als Yogalehrerin. Sie hatte Silvia von Anfang an unter ihre Fittiche genommen.

»Was machen deine Kopfschmerzen?«

»Es geht mir schon besser.«

»Ich trink noch meinen Kaffee aus, dann helf ich dir.«

»Immer mit der Ruhe.«

»Warst du auf der Toilette? Wie ist die Lage?«

»Grausam, es war viel los heute Nacht.«

Als Arianna sie ablöste, konnte sie nach draußen gehen und etwas verschnaufen. Inzwischen war es hell, aber die östlichen Gipfel des Monte-Rosa-Massivs verdeckten den Sonnenaufgang, und der Gletscher lag noch vollständig im Schatten, blassblau wie der Himmel. Nur weiter oben, auf ungefähr viertausend Metern, ging plötzlich die Sonne auf: Dort sah man die ersten Seilschaften, auf dem Felik in der Sonne. Auf der von Generationen von Steigeisen durchlöcherten Terrasse landeten Spatzen aus dem Hochgebirge, zusammen mit den schwarzen Alpendohlen die letzten Lebewesen an der Gletschergrenze. Die Federn gegen die Kälte aufgeplustert, pickten sie scheinbar furchtlos die Krümel von den Holzbrettern – welcher Instinkt sie wohl bis hier hinauf getrieben hatte?

Pasang kam mit Eimer und Lappen aus dem Toilettengebäude. Bloß eine weitere Aufgabe, die sie reihum erledigten, aber Silvia war jedes Mal froh, wenn sie nicht dran war. Er hingegen schien stets gute Laune zu haben.

»Pasang, darf ich dich mal was fragen?«

»Na klar.«

»Weil du schon so oft hier warst – hast du verstanden, warum die Leute das machen? Was sie da oben suchen?«

»Wind.«

»Wind?«

»Und Schnee.«

»Und sonst?«

»Die Sonne vielleicht. Ansonsten wären da noch die Wolken!«

Der Sherpa lachte. Zweimal hatte er schon den Everest bestiegen, trotzdem war es unmöglich, auch nur eine philosophische Sentenz aus ihm herauszubekommen. Wenn man mit ihm sprach, schien alles auf der Welt einfach nur zu existieren: Eimer, Lappen, Wind, Sonne, Schnee.

Es war sieben, als die letzten Bergsteiger endlich verschwunden waren. Jetzt konnte man sich ein wenig ausruhen, und Arianna rief sie zum Frühstück. Sie hatte das Radio angestellt und einen Tisch für zwei gedeckt: Eine Tasse Milchkaffee, ein Stück Kuchen, ein bisschen Musik und dazu diese freundliche junge Frau, und schon verwandelte sich sogar eine Basisstation in der Arktis in einen behaglichen, fast zivilisierten Ort.

»Neunundachtzig waren es heute Morgen«, sagte Arianna. »Neunundachtzig, die essen, scheißen und wieder gehen.«

»Stimmt.«

»Sei ehrlich, so hast du dir das nicht vorgestellt.«

»Nein, aber ich bin froh, hier zu sein.«

»Schwör's!«

»Ich schwöre es. Darf ich ein wenig stolz auf mich sein? Weißt du, manchmal denke ich: Könnte mich doch nur meine Mutter hier sehen!«

»Was ist deine Mutter für ein Mensch?«

»War. Sie lebt nicht mehr.«

»Oh, das tut mir leid.«

»Nein, nein, sie war eine fröhliche Frau. Vor zwei Jahren ist sie gestorben.«

»War sie krank?«

»Eine ganze Weile schon.«

»Was hat sie gemacht?«

»Erst hat sie unterrichtet, Italienisch in der Mittelstufe. Die Kinder aus dem Viertel erinnern sich alle noch an sie. Auch manch einer, der es zum Glück etwas weiter gebracht hat.«

»Und du?«

»Ich war eifersüchtig und hab mich total aufgeführt, um ihre Aufmerksamkeit zu erregen.«

Keine Ahnung, warum sie jetzt anfing, diese Geschichte zu erzählen, einer jungen Frau, die sie kaum kannte, um sieben Uhr früh in einer Schutzhütte im Monte-Rosa-Massiv. Vermutlich lag es an der Höhe. Draußen wechselte das Licht die Farbe, während die ersten Seilschaften die letzten Hänge der Viertausender stürmten.

23

Ein Morast

Dann kam die Sonne hinter Parrotspitze und Vincentpyramide hervor. Im Sommer knallte sie viele Stunden auf den Gletscher, und die Schneeschicht wurde von Tag zu Tag dünner, gab Spalten, Séracs und Streifen aus grauem Eis frei, das sich am Nachmittag in trübe Pfützen verwandelte. Inzwischen war er nur noch ein alter Gletscher auf dem Rückzug, aber zu seinen Hochzeiten war er vorgerückt, und wie! Angst hatte er ausgelöst, nicht Mitleid wie heute: verlassene Gebirgspässe, die nicht länger passierbar waren, Täler, die nur noch in alten Legenden existierten wie verlorene Paradiese. Und was die Menschen angeht, die sich dorthin vorgewagt hatten, war nicht bekannt, wie viele Tote er noch barg. Angeblich dauerte es siebzig Jahre, bis er freigab, wen er sich geholt hatte: Bei ihrem Verschwinden noch jung und schön, waren die Menschen auf irgendeinem Weg zum Gipfel gestürzt, und wenn ihre Kinder dann alt waren, tauchten ein zerlöcherter Bergstiefel, ein Eispickel aus Holz oder andere Museumsgegenstände wieder auf, weit unten, wohin er sie mitgerissen hatte. Das Monte-Rosa-Massiv war regelrecht mit Kreuzen und Tafeln übersät, die dieser Toten gedachten, mit Name, Datum, manchmal sogar mit Foto. Zu diesem Hochgebirgsfriedhof stieg jedes Jahr ein Priester auf, um die Messe zu lesen und die Schutzhütten zu segnen, samt ihren Pächtern und den Bergsteigern, die hier heraufkamen. Mit einem Gebet gedachte er derer, die nicht mehr hinuntergekommen waren.

Eines Julitags entdeckte auch Fausto seinen heiligen Ort. Auf dreitausend Metern erreichte er eine Senke, in der sich die ersten Schmelzwasserbäche sammelten und einen Morast bildeten, zwischen Granitbuckeln, glatt geschliffen vom Gletscher, der sich weiter nach oben zurückgezogen hatte, hinter ein von kleinen Wasserfällen zerfurchtes Felsenband. In der Senke waren verirrte Felsbrocken, nachdem sie talwärts geschoben worden oder bei einem Erdrutsch heruntergepoltert waren, in bizarren Formationen im Boden stecken geblieben.

Diese Stelle ließ sich weder auf topografischen Karten noch in Faustos Erinnerungen finden. Noch vor dreißig Jahren war hier alles Gletscher gewesen, und sein Vater hatte ihn hierher mitgenommen, um ihm diesen zu zeigen. Man spürte, dass der Rückzug jüngeren Datums war, da die Felsblöcke noch nicht von Moosen und Flechten bewachsen waren; auch der Sand hatte sich noch nicht in fruchtbaren Boden verwandelt, nur die eine oder andere Pionierpflanze siedelte sich dort an.

Fausto wurde bewusst, dass er ein Stück Erde betrachtete, das gerade erst ans Tageslicht gekommen war, noch unbenannt und nicht auf den Karten der Menschen verzeichnet.

Ein Stück weiter stand noch die alte Biwakschachtel, das halbe Fass aus gelbem Blech, zu der er nun aufstieg, um seinen Rucksack abzusetzen. Dort traf er niemanden an. Im Gästebuch war der letzte Besuch vor drei Tagen vermerkt worden, von Leuten, die geschrieben hatten: »Zum Glück gibt es noch vergessene Orte!« Der Raum wurde von sechs an den Wänden hängenden Pritschen beherrscht sowie von einem Tisch in der Mitte und einem kleinen Vorratsschrank, denn es war Brauch, denen, die nach einem kamen, etwas dazulassen. Es wurde Zeit, sich Gedanken über das Abendessen zu machen. Er zog ein frisches T-Shirt an, breitete das verschwitzte draußen aus, auf dem von der Sonne noch warmen Blech, und beschwerte es mit einem Stein, damit der Wind es nicht fortwehte. Dann schloss er die Tür der Biwakschachtel und kehrte in die Senke zurück.

Als er durch den Morast stapfte, sah er Schmetterlinge, deren Namen er nicht kannte. Die Frösche hatten im Schlamm jede Menge glibberigen Laich abgelegt. Er sah die Schneesperlinge, die zum Trinken kamen, und überlegte, wie er diesen Ort in Erinnerung hatte: die Front des Gletschers und den Wildbach, der ihm üppig aus dem Mund sprudelte, die metallische Farbe des Schmelzwassers. Sein Vater und er hatten einmal die Wassermenge berechnet und wie viel Eis pro Minute dahinschmolz, stündlich, täglich – ein Volumen, das Fausto irgendwann unwirklich vorgekommen war: Wie konnte es in einem solchen Tempo dahinschmelzen und doch immer gleich bleiben? Damals glaubte er, der Gletscher wäre ewig und unveränderlich, Teil des Gebirges, den er dort zwischen den Felsen und dem Himmel stets wiederfinden würde. Sein Vater hingegen hatte verstanden, was da geschah: »Etwas verschwindet, und etwas anderes wird an seine Stelle treten«, hatte er zu ihm gesagt. »Das ist der Lauf der Welt. Nur wir haben immer Heimweh nach dem, was vorher war.«

Stimmt genau, Papa!, dachte Fausto und nutzte diesen Ort und die letzten Stunden, die es noch hell war, um seiner zu gedenken.

24

Luft und Liebe

Silvia sah, wie er zur Hütte aufgestiegen kam, staub-
und schweißbedeckt, den zusammengerollten Schlafsack
am Rucksack und in seinem grün karierten Hemd. Er
wirkte jünger und attraktiver, als sie ihn in Erinnerung
hatte. Den Winter über hatte sie ihn nie attraktiv gefunden, höchstens kompliziert, so wie die Männer, die ihr
gefielen. Doch jetzt sah er gut aus: weil Sommer war,
weil er zwei Tage unterwegs gewesen war und in der
Biwakschachtel übernachtet hatte, weil er sein Vorhaben,
von Fontana Fredda aus loszulaufen und die Schutzhütte
zu Fuß zu erreichen, in die Tat umgesetzt hatte. Sie
küsste ihn ganz instinktiv, gleich hier draußen, zwischen
den Bergsteigern, die sich nach der Bezwingung der
Viertausender umzogen. Es war Mittagszeit, sie konnte
sich nicht lange mit Höflichkeiten aufhalten, trotzdem
küsste sie ihn bestimmt eine gute Minute lang, mit Zähnen, Zunge, Händen und allem Drum und Dran. Die
Bergsteiger klatschten.

»Das war ein Kuss!«, sagte er.

»Wo hast du nur gesteckt?«

»Ich arbeite im Wald.«

»Tatsächlich? Nachher erzählst du mir alles. Hast du Hunger?«

»Einen Bärenhunger.«

»Komm rein.«

Mittags herrschte ein reges Kommen und Gehen. Fausto erkannte den Speisesaal wieder, die alten Fotos an den Wänden, den Geruch von Küchendunst, Schweiß und altem Holz. Doch etwas hatte sich seit seiner Kindheit geändert. Früher waren vor allem Männer mittleren Alters hier gewesen, die Italienisch, Französisch oder Deutsch sprachen, und jedes Schild im Monte-Rosa-Massiv war in diesen drei Sprachen gehalten gewesen. Jetzt wimmelte es hier von jungen Leuten, einem Völkchen, das man genauso gut in den großen Metropolen hätte antreffen können, und auch die Schilder waren inzwischen nur noch auf Englisch.

Silvia führte ihn zu einem Fenstertisch und brachte ihm Tagliatelle mit Käsesoße und einen halben Liter Wein.

»Ich hab noch zu tun, aber in einer Stunde bin ich bei dir.«

»Prima. Wie ist der Küchenchef?«

»Ein Nepalese, der wahre Wunder vollbringt, was selbst gemachte Pasta anbelangt.«

»Du bist schön, weißt du das?«

»Nein, ich bin nicht schön. Meine Haare sehen schrecklich aus.«

Fausto aß und beobachtete die Leute an den Tischen und, von seinem Fensterplatz aus, die vom Gletscher zurückkehrenden Seilschaften. Die Bergsteiger hatten sich mehr oder weniger voneinander losgebunden, sie hinkten und jubelten. Da waren die Angeber auf der einen und die völlig Erschöpften auf der anderen Seite. Ein Typ übergab sich hinter den Toiletten. Ein alter Bergführer im roten Pullover mit dem entsprechenden Abzeichen kehrte in Begleitung von drei Jungs zurück, die sich eine Schneeballschlacht lieferten. Aha, es gab also nach wie vor Kinder hier! Er leerte ein Glas Wein, der auf 3500 Metern doppelt stark war, ein Barbera, schwer wie Portwein. Er sah zu, wie Silvia in einem anderen Teil des Saals bediente, in die Küche zurückkehrte und mit einer Kollegin sprach, woraufhin die andere junge Frau zu ihm hinüberschaute und lächelte. Er musste nicht lange raten, worüber die beiden redeten. Auch er lächelte und zog einen imaginären Hut, ganz Kavalier sozusagen. Sogar Dufour, der berühmte Bergführer, erkannte ihn, als er mit drei Tellern Nudeln vorbeikam.

»Oh«, sagte er. »Da bist du ja.«

»Ja, ich bin den ganzen Weg von zu Hause zu Fuß hergekommen.«

»Wo bist du denn zu Hause?«

»In Fontana Fredda.«

»Nicht schlecht. Da hast du aber ordentlich Reserven.«

»Tja, die sind inzwischen versiegt, ich hab mich ganz schön gequält.«

»Iss, iss! Wenn du noch was willst – es gibt genug.«

Fausto stippte die restliche Käsesoße mit dem Brot auf und schenkte sich ein letztes Glas Wein ein. Dann lehnte er sich mit dem Rücken an die Wand und entspannte sich, beobachtete, wie sich vor dem Fenster die Nachmittagswolken zusammenbrauten. Der Wein, die Wärme der Schutzhütte, der aufsteigende Nebel und die müden Beine führten dazu, dass er fast im Sitzen eingeschlafen wäre. Er schloss die Augen und fühlte sich genau wie früher. Dabei war es jetzt noch besser als früher, weil er seine Erinnerungen hatte. Genau so muss eine Hütte sein!, dachte er. Je mehr sie von einem bewahrt, desto kostbarer ist sie.

Es war Silvia, die ihn aus diesem Halbschlaf riss, indem sie seine Hand nahm. Ihre Schicht war zu Ende, und sie zerrte ihn in ihr Zimmer, schloss ab und zog ihn aus. Damit die Liebenden von Fontana Fredda dort weitermachen konnten, wo sie gegen Ende des Winters unterbrochen worden waren. Sie registrierte, dass er magerer und muskulöser war als damals, einen gebräunten Oberkörper hatte und nach Harz duftete. Er registrierte, dass sie mitgenommener war als damals, und das rührte ihn. Er hatte das Gefühl, sich um diesen Körper kümmern zu müssen, der in letzter Zeit nicht sonderlich gut behandelt worden war. Silvia ließ sich liebkosen.

Später sagte sie: »Keine Ahnung, wie es mir geht. Es ist ein Ort absoluter Schönheit. Aber verdammt hart.«

»Das glaub ich dir gern.«

»Wenn ich mit der Seilbahn zum Brotkaufen ins Tal

fahre, halte ich immer kurz inne, um die Blumen gleich hier unten zu bestaunen. Kennst du die kleinen Blumen, die im Moos wachsen? Hast du sie auf dem Bergkamm gesehen?«

»Klar.«

»Aber wie machen die das, dass sie auf dreitausendfünfhundert Metern gedeihen? Und wenn ich mir das Tal anschaue, kommt es mir so wahnsinnig grün vor. So lebendig. Wie schön, dass du nach Wald schmeckst.«

Sie schnupperte an seinem Hals und Bart, und während sie noch schnupperte, schloss Fausto die Augen. Noch nie schien er den Kopf auf ein weicheres Kissen gebettet zu haben. »In dieser Woche habe ich übrigens meinen ersten Baum gefällt«, verkündete er.

»Tatsächlich?«

»Die Holzfäller haben mich ins Herz geschlossen. ›Hallo, Koch, versuch's doch mal!‹ Sie haben mir die beste Motorsäge gegeben und die kleinste Pflanze, ein armes, ganz schief gewachsenes Bäumchen.«

»Und, hast du's geschafft?«

»Ja, das ist nicht besonders schwer.«

»Und, hat es dir Spaß gemacht, es zu fällen?«

»Kein bisschen. Ich fürchte, ich bin zu sensibel für einen Gebirgler.«

»Hattest du etwa vor, zum Gebirgler zu werden?«

»Ich schon, du etwa nicht?«

Silvia schob ein Bein zwischen seine Knie und zog ihn an sich. Sie umklammerte Fausto, umschlang ihn auf ihre forsche Art wie eine Decke, die man über sich zieht. Er war dermaßen müde, dass er keinerlei Widerstand bot.

»Entschuldige, ich brauche ein bisschen menschliche Wärme«, sagte sie.

»Bitte sehr.«

»Ich bin zu verfroren für eine Polarforscherin.«

»So besser?«

»Ein bisschen. Schläfst du schon?«

»Nein, nein.«

Von wegen! Gleich darauf war Fausto eingeschlafen. Sie hätte gern noch geplaudert, aber er schnarchte selig – außerdem, war das denn so wichtig? Sie schmiegte den Kopf an seine Schläfe und schloss die Augen. Auch sie war ständig müde. Am Ende schliefen sie zwei Stunden durch, während draußen der Nebel aufstieg – sie mit ihren furchtbaren Haaren und er nach Schweiß, Holzspänen und Wein schmeckend.

25

Ein Rettungseinsatz

Während die Liebenden oben schliefen, kamen unten ein junger Mann und eine junge Frau an den Tresen und fragten nach dem Pächter. Dufour kontrollierte gerade den Batteriespeicher der Fotovoltaikanlage, weil die Paneele an diesem Tag keine Sonne mehr abbekommen würden; in Kürze würde man den Dieselgenerator anwerfen müssen. Er unterbrach seine Tätigkeit und hörte den beiden zu, die gerade vom Castor gekommen waren: Sie erzählten, dass sie oben auf dem Gipfel einen Mann getroffen hätten, der ganz allein unterwegs gewesen sei, jemand fortgeschrittenen Alters, um die sechzig vielleicht. Er habe gesagt, dass er diese Tour jeden Sommer mache und sie in- und auswendig kenne. Für die jungen Leute dagegen war es das erste Mal, sie hatten gerade erst geheiratet und verbrachten jetzt ihre Flitterwochen auf Schutzhütten. Auf dem Gipfel des Castors hatten sie ein wenig über die Ehe gescherzt, der Herr hatte gesagt, er beneide den jungen Mann, da seine Frau ihn schon lange nicht mehr in die Berge begleite. Er hatte der jungen Frau Komplimente gemacht, weil er sie in einem solchen Affenzahn hatte aufsteigen sehen. Kurz darauf war er aufgebrochen und hatte gemeint: »Wir sehen uns sowieso gleich wieder, weil ihr mich beim Abstieg überholen werdet.« Die beiden waren noch eine Viertelstunde oben geblieben und hatten etwas gegessen, Gipfelfotos gemacht und sich dann beeilt, als sie Nebel aufziehen sahen. Tatsächlich war der Nebel sehr schnell gestiegen und hatte sie schon auf dem Grat eingehüllt. Doch der Pfad war ausgetreten, und sie waren zügig vorangekommen, allerdings ohne dem Herrn wiederzubegegnen. Sie waren davon ausgegangen, ihn auf der Schutzhütte zu treffen, doch da war er auch nicht. »Vielleicht ist er ja bereits aufgebrochen«, sagte der junge Mann, und seine Frau: »Aber es ist besser, Bescheid zu geben, denn das gehört sich so, oder?«

»Ja, das gehört sich so«, sagte Dufour. Er säuberte sich die Hände an einem Lappen und dachte im Stillen: nicht schon wieder.

Er schaute im Gästebuch nach, bei den Einträgen vom Vorabend. Einzelreservierungen hatte es nur zwei gegeben. Der eine war Holländer, der andere Italiener. Er rief ihn an, aber das Handy war ausgeschaltet. Rein theoretisch konnte das viele Gründe haben, doch in der Praxis war es noch nie vorgekommen, dass sich jemand mit seiner Geliebten in die Schweiz abgesetzt und das Handy in eine Gletscherspalte geworfen hatte. Er tätigte weitere Anrufe. Die beiden jungen Leute warteten und

hörten zu, und er brachte es nicht übers Herz, sie fortzuschicken: Er rief bei der Talstation an, bei der nächsten
Schutzhütte, nur für den Fall, dass der Kerl wegen des
Nebels auf der falschen Seite abgestiegen war. Außerdem
verständigte er den Hubschrauber, er solle sich schon
einmal bereithalten, falls sich der Nebel auch nur ansatzweise lichtete. Dabei wusste er, dass er sich an diesem
Tag nicht mehr lichten würde. Schließlich sah er sich im
Saal um. Unter den Leuten an den Tischen befand sich
auch ein junger Bergführer, ein aufgeweckter, geschick-
ter Typ. Ihn und die jungen Leute beorderte er in die
Küche, in der Pasang gerade Töpfe spülte. Er erzählte
beiden, was er gerade erfahren hatte, und fragte das Paar:
»Wie war er gekleidet?«

»Das weiß ich nicht mehr«, sagte der junge Mann.

»Er trägt eine gelbe Windjacke«, erwiderte die junge
Frau. »Und eine blaue Mütze. Haare und Bart sind weiß.«

»Versucht aufzusteigen«, sagte Dufour. »Noch kann
der Hubschrauber nicht abheben, aber vielleicht lichtet
sich der Nebel ja noch.«

Pasang und der Bergführer eilten wie der Blitz durch
den weichen Nachmittagsschnee. Dufour sah zu, wie sie
im Nebel verschwanden, gerade einmal zwanzig Meter
von der Schutzhütte entfernt. Er blieb in der Küche,
denn das war der einzig ruhige, abgeschiedene Ort,
an dem Fenster, das auf den Gletscher und den Nebel
hinausging. Er konnte nichts anderes tun, als abzuwarten.

»Setzt euch irgendwohin«, sagte er zu den jungen
Leuten. »Es gibt Tee.«

»Meiner Meinung nach ist er abgestiegen«, sagte der junge Mann.

»Kann sein. Hoffentlich.«

»Müssen wir nicht die Bergwacht verständigen?«

»Die Bergwacht bin ich.«

Beschämt setzte sich der junge Mann und verstummte. Die junge Frau nahm zwei Tassen und schöpfte Tee hinein.

Während er wartete, dachte Dufour: Wie kann man mit sechzig allein diesen Kamm überschreiten? Was ist das für ein Kerl? Wieso kann ich mich nie an die Leute erinnern?

»Ihr verbringt also eure Flitterwochen auf Schutzhütten«, sagte er.

»Das hatten wir schon lange vor«, erwiderte die junge Frau.

»Wo wart ihr schon überall?«

»Auf dem Gran Paradiso und jetzt hier. Nächste Woche geht es in die Dolomiten.«

»Sehr gut, ein bisschen Sonne tanken. Es reicht jetzt mit dem Eis, was?«

Er versuchte es noch zweimal unter der Nummer, bei der niemand dranging. Er kontrollierte den schweizerischen Wetterbericht, der bis zum Abend bedeckten Himmel und niedrigen Luftdruck vorhersagte. Leute kamen in den Saal, und ihm fiel ein, dass er die Schichten fürs Abendessen organisieren musste. Was stand auf der Speisekarte?

Nach einer Dreiviertelstunde funkte Pasang ihn an. »Chef, hier gibt es eine Spur, die Richtung Tal führt.«

»Wo seid ihr?«

»In der Mitte des Grats. Da wo er die Biegung macht, wenn du weißt, was ich meine.«

Es war immer dieselbe Stelle. Pasang und der Bergführer hatten eine Dreiviertelstunde für eine Strecke gebraucht, für die ein guter Alpinist normalerweise doppelt so lange brauchte.

»Auf welcher Seite führt sie hinunter? Zu uns oder zur Schweiz?«

»Zu uns.«

»Kannst du sehen, wie weit sie hinunterführt?«

»Ich sehe gar nichts.«

Dufour sprach über Funk und schaute aus dem Fenster.

Nicht einmal er konnte etwas erkennen. Pasangs Stimme kam aus dieser Nebelsuppe.

»Wir versuchen abzusteigen, Chef.«

»Habt ihr Eisschrauben dabei?«

»Ja, jede Menge.«

»Aber passt mir bitte gut auf!«

Im Grunde brauchte er ihnen nicht zu sagen, was sie zu tun hatten: Dieser Sherpa war der beste Bergführer, den er je erlebt hatte. Er war genau, schnell und nicht aus der Ruhe zu bringen. Außerdem war er kräftig. Als er ihn in Nepal kennengelernt hatte, trug er achtzig Kilo schwere Lasten auf dem Rücken und fand in den Sérac des Everest instinktiv den Weg. Da hatte sich Dufour gesagt: Den nehme ich mit auf die Schutzhütte, der ist Gold wert.

»Eine Spur?«, sagte die junge Frau. »Aber wieso haben wir ihn dann nicht gesehen?«

»Ich habe nur darauf geachtet, mich nicht zu verlaufen«, sagte der junge Mann.

»Das ist ganz normal«, meinte Dufour. »Ihr habt alles richtig gemacht.«

»Ich bin jetzt bei den Felsen angelangt, Chef«, sagte Pasang.

»Ist die Spur noch zu sehen?«

»Sie endet hier. Ich glaube, er ist abgestürzt.«

»Kannst du dich abseilen?«

»Ja, ich versuch's.«

Eigentlich war dieser Hang keine große Sache. Dufour ließ ihn vor seinem geistigen Auge vorbeiziehen und suchte nach einer Stelle, an der man sich mit etwas Glück vielleicht festhalten konnte, mit Knochenbrüchen, aber lebendig. Doch schon eine Kleinigkeit genügte: Man brauchte bloß blöd aufzuprallen, und das war's dann.

Als Nächstes sagte Pasang: »Ich hab ihn gefunden, Chef. Er ist tot.«

»Wo bist du?«

»Unten bei den Felsen.«

Die junge Frau brach in Tränen aus. Der junge Mann wurde blass.

»Woher weißt du, dass er tot ist?«, fragte Dufour.

»Das ist nicht zu übersehen.«

»Wie weit ist er von dir entfernt?«

»Nicht weit. Ich bin direkt über ihm.«

»Kannst du ihn erreichen?«

»Ich glaube schon.«

Dufour wartete, das Funkgerät in der Hand und das Schluchzen der jungen Frau im Ohr. Es war ein Fehler gewesen, sie nicht fortzuschicken. Jetzt waren die Flitterwochen ruiniert. Bis Pasangs Stimme sagte: »Ich bin da, Chef. Er ist mit dem Kopf gegen die Felsen geknallt.«

Pasang hatte schon viele Tote in den Bergen gesehen, das beeindruckte ihn nicht weiter. Auch Dufour erinnerte sich noch an die Toten im Himalaja – damals, als alle unbedingt auf die Achttausender mussten: Sie waren abgestürzt oder hatten vor lauter Erschöpfung aufgeben müssen. Das Eis konservierte sie, und niemand transportierte sie ab. Was bringt es, sein Leben zu riskieren, um einen Toten ins Tal zu bringen? Er musste an einen Japaner denken, der auf einem Felsbrocken saß, am Aufstieg zum Kangchendzönga. Der Wind hielt ihn schneefrei. Er hatte nur eine Raureifschicht im Gesicht und hockte bereits seit ein, zwei Jahren so da.

»Soll ich ihn hochziehen, Chef?«

»Wie weit bist du abgestiegen?«

»Zweihundert Meter vielleicht. Ich schaff das, wenn du willst.«

Ja, daran hatte er keinen Zweifel. Eine Leiche mit Klettergurt versehen und eine zweihundert Meter lange Bergflanke hochziehen: Pasang würde das schaffen. Dufour dachte an die Ehefrau, die nicht mehr mit ihrem Mann in die Berge ging. Die saß bestimmt nichts ahnend zu Hause, wenn auch nicht mehr lange. Was für ein Scheißjob!, dachte er. Warum schmilzt dieser

Gletscher nicht einfach auf einen Schlag dahin? Dann ist es endlich vorbei.

»Ist der Rucksack da?«, fragte er.

»Ja.«

»Schau in die Taschen. Sieh nach, ob du Ausweise findest.«

»Den Geldbeutel. Auch das Handy, aber das ist kaputt.«

»Nimm alles mit und geh.«

»Ich soll ihn hierlassen?«

»Ja, geh. Wir holen ihn morgen mit dem Hubschrauber.«

»Okay.«

»Und pass bitte auf!«

Das Funkgerät verstummte, und Dufour schaute nach, wie spät es war: vier Uhr nachmittags. Jetzt hatte er mehr zu erledigen, als nur das Abendessen vorzubereiten. Weitere Telefonate.

»Ruht euch ein bisschen aus«, sagte er. »Wolltet ihr noch absteigen? Ihr könnt auch heute Nacht bleiben, wenn ihr mögt.«

»Verdammte Scheiße, warum hat er sich uns nicht einfach angeschlossen? Warum haben wir es ihm nicht vorgeschlagen?«

»Ihr habt alles richtig gemacht«, sagte der Bergführer.

Die junge Frau weinte.

26

Ein Brief von Babette

Das war der erste Brief, den Fausto in Fontana Fredda bekam, weshalb er seinen Namen und seine Adresse auf dem weißen Umschlag ausgiebig betrachtete. Er ging hinaus, um ihn auf der Wiese vor dem Haus zu lesen, an einem Abend Ende Juli, als das Heumachen in vollem Gange war. Es war die Zeit, in der man das Heu presste, nachdem es gewendet und von der Nachmittagssonne gründlich durchgetrocknet worden war. Sein Duft hing in der Sommerluft.

Der Brief war handgeschrieben. Darin stand:

Lieber Fausto,
nein, vorerst komme ich nicht zurück. Ganz einfach weil
es mir dort, wo ich jetzt bin, gut geht. Das Meer ist grün,
und es gibt einen schwarzen Kormoran, der den Felsen
hier unten zu seiner Heimat auserkoren hat, ich beobachte
ihn schon seit heute früh. Ich habe das Gefühl, wieder
frei atmen zu können, so wie es nur ein Tapetenwechsel

möglich macht. Das habe ich schon lange nicht mehr erlebt. Das gewohnte Umfeld fühlt sich anders an, vertraut, manchmal auch erdrückend, aber im Grunde nimmt man es gar nicht mehr wahr – nur wenn man von weit her zurückkehrt oder wenn es jemand mit den Augen eines Neuankömmlings betrachtet. Dann empfindet man leise Wehmut beim Gedanken an die Zeit, als man selbst noch neu war und der Blick frisch. Mit der Zeit wird alles gewöhnlich, das Schöne und das Hässliche, der schlechte Geschmack der Menschen macht einem nicht mehr so viel aus, und die Schönheit der Natur wird selbstverständlich. Andererseits glaube ich auch, dass nur derjenige, der sich eingewöhnt hat, wirklich etwas sieht, weil sein Blick von jeglichem Gefühl befreit ist. Gefühle sind getönte Brillengläser, sie täuschen die Augen. Kennst du die Zen-Weisheit über die Berge? Sie lautet folgendermaßen: »Bevor du Zen studierst, sind Berge Berge und Flüsse Flüsse. Während du Zen studierst, sind Berge keine Berge und Flüsse keine Flüsse mehr. Hast du dann die Erleuchtung gewonnen, sind Berge wieder Berge und Flüsse wieder Flüsse.« Ich glaube, wir beide verstehen sie sehr gut, weil dieses Fleckchen Erde voller Bedeutungen ist, die wir ihm verliehen haben. Bedeutungen, die sich in den Feldern, Wäldern und Steinhäusern finden. Als die Berge noch Freiheit für mich bedeutet haben, erkannte ich sogar im Weidevieh Freiheit! Aber die Berge an und für sich haben keinerlei Bedeutung, sie sind bloß ein Haufen Steine, über die das Wasser fließt und das Gras wächst. Für mich sind sie jetzt wieder zu dem geworden, was sie schon immer waren.

Und dennoch ... Ich bin zufrieden, dass du jetzt dort bist. Irgendjemand hat mir mal gesagt, dass Fontana Fredda ein trauriger Ort war, bevor ich kam. Man sei dort nicht gerne hingegangen, er habe etwas Feindseliges, Verwahrlostes gehabt, und ich hätte wieder etwas Freundlichkeit hingebracht. Es tat gut, das zu hören, aber irgendwann wurde auch das wieder zum Gefängnis.

Wenn du nicht wärst!, hieß es immer. So als wäre es meine Pflicht, mich um Fontana Fredda zu kümmern. Ich glaube, deine Ankunft dort hat mich davon erlöst. Weil ich gesehen habe, dass du dich in den Ort verliebt hast. Mir liegt Fontana Fredda immer noch am Herzen, und ich weiß, dass ich es, egal was passiert, in gute Hände gegeben habe. Hast du einen neuen Job gefunden? Tut mir leid, dass ich dich so habe hängen lassen, aber manche Entscheidungen trifft man rein instinktiv. Mach's gut, lieber Fausto: Trink nicht zu viel, mach dir keine Vorwürfe wegen der Steine, die einem das Leben in den Weg legt, und lass dir diese wunderbare junge Frau nicht entgehen. Hab ich dir eigentlich jemals gesagt, was für ein fantastischer Koch du bist? Der beste, den ich je hatte.

Love & Peace,
Elisabetta / Babette

27

Die versunkene Stadt

Was das Trinken und die Selbstvorwürfe anbelangte, musste er noch an sich arbeiten, doch zu Silvia kehrte er im Laufe des Sommers zurück. Er war gut in Form und schaffte es in weniger als zwei Stunden rauf und in einer wieder runter, sodass er manchmal noch nach der Arbeit aufbrach, nur um abends bei ihr zu sein, bei ihr zu schlafen und am nächsten Tag in die Wälder zurückzukehren. Die Vorstellung, dass er seine Freundin am Nordpol besuchte, gefiel ihm ungemein. Die Kassiererin an der Seilbahnstation gewöhnte sich daran, ihn kurz vor Betriebsende herbeieilen zu sehen, wenn die Bergsteiger die gegenüberliegenden Kabinen verließen und er hochfuhr. Anschließend verstummte die Anlage, und Fausto fand sich in der Nachmittagsstille allein mit dem alten Pfad wieder, mit all den Erinnerungen und Bedeutungen, die er ihm verliehen hatte, mit den kleinen Seen, die sich im Schein der untergehenden Sonne in Spiegel verwandelten, und den Steinböcken, die staunten, um diese Uhrzeit noch einem Menschen zu begegnen. Sie erhoben sich von den Felsen, auf denen sie sich niedergelassen hatten, und ein Männchen pfiff, während Fausto mit seinem großen Rucksack bereits jenseits des Geröllfelds, auf den Tritten des Klettersteigs war. Wenn er sich beeilte, schaffte er es noch zum Aperitif der Bergführer. Er vergaß nie, Brot, eine Zeitung, Obst und frisches Gemüse für die Hüttenbesatzung einzukaufen sowie bei Bedarf in der Küche mitzuhelfen. Abends bezog Arianna ein anderes Zimmer. Und Dufour stellte ihm schon seit geraumer Zeit keine Rechnung mehr.

Die Begeisterung, die er mit nach oben brachte, hatte etwas Ansteckendes, und eines frühen Morgens ließ sich Silvia zu einer kleinen Gletschertour überreden. Sie machten sich auf der Rückseite der Schutzhütte bereit, auf diesem vom Küchenfenster erhellten Stück Geröllfeld, legten Steigeisen und Klettergurt an und banden sich im Abstand von zehn Metern an das Sicherungsseil. Fausto rollte es auf und hängte es sich über die Schulter. Als es hell wurde, brachen sie auf, während auf den Pfaden des Monte Rosa eine Stirnlampe nach der anderen verlosch.

Doch Fausto war nicht Pasang: Er preschte vorwärts, und Silvia konnte schauen, wo sie blieb. Eine halbe Stunde lang tat sie nichts, als auf die Spur im blassblauen Schnee zu starren und auf das Seil, das sie mit ihm verband. Manchmal spannte es sich und zerrte sie am Klettergurt mit, manchmal erschlaffte es so sehr, dass es sich in ihren Steigeisen verheddterte. Weder im einen noch im anderen Fall drehte sich Fausto nach ihr um, um zu schauen, was los war. Es war, als gäbe es eine stille Übereinkunft, nach der er bloß ans Laufen denken und sie nur sicherstellen musste, dass das Seil zwischen ihnen gespannt blieb, aber auch nicht zu sehr. Aber es ging ihr gut. Sie hatte sich an die Höhe gewöhnt und fror nicht. Auf dem langen, kaum ansteigenden Hang jenseits der Schutzhütte half ihr das, ihren Rhythmus zu finden. Die beiden Gletscherspalten, die sie überwanden, indem sie die eine umrundeten und die andere auf einer Brücke aus gefrorenem Schnee überschritten, bemerkte sie kaum. Die Beine marschierten, Herz und Lunge folgten einem bestimmten Takt, und die Atmung wurde regelmäßiger.

Dann war es Fausto, der stehen blieb, um nach dem Rucksack zu greifen. Er holte einen Eispickel für sich und einen für sie heraus.

»Alles okay?«

»Ich glaub schon. Was meinst du?«

»Du bist trainiert.«

»Vermutlich vom Bodenwischen.«

»Schau nur, da ist deine Schutzhütte.«

Silvia wandte sich Richtung Tal: Sie sah die Quintino-Sella-Hütte aus der Ferne, den blauen Rauch des Generators, die im Morgendunst erhellten Fenster. Sie hatten einige Seilschaften überholt. Jetzt lag der flache Teil hinter ihnen und ein deutlich steilerer Hang vor ihnen. Die gesamte Steilwand befand sich noch im Schatten.

»Magst du etwas Tee?«

»Jetzt nicht, danke.«

»Wollen wir gleich weitergehen?«

»Ja, bitte, ich hab mich gerade erst warm gelaufen.«

»Also, den Eispickel in die Linke und das Seil in die Rechte. Es ist ein wenig hart hier. Schön langsam, einverstanden?«

»Klar, ich weiß ja jetzt, was du unter langsam verstehst.«

Die Spur auf dem Steilhang entpuppte sich als Steig aus in das Eis geschlagenen Stufen. Sie waren hoch und reichten Silvia fast bis zum Knie. Sie hob den linken Fuß, um dann den rechten nachzuziehen. Der Eispickel wäre zu kurz gewesen, um in der Ebene vorwärtszukommen. Rammte man ihn in die Bergflanke, war er genau richtig. Dort, wo die Spur die Richtung wechselte und sich nach links wandte, tat es Silvia Fausto gleich und nahm den Eispickel in die andere Hand. Sie begriff das System ganz automatisch. Die Spur beschrieb einen Zickzackkurs, um diesen abschüssigen Hang begehbar zu machen, und ihr fiel ein, dass Dufour oder Pasang zu Saisonbeginn immer hierhergekommen waren, um die Stufen wieder herauszumeißeln, wenn es geschneit hatte. Zwei auf halber Höhe rastende junge Männer ließen sie vorbei. Der eine krümmte sich und rang nach Luft, während der andere sagte: »Nächste Woche liegen wir am Strand! Denk nur an die Mädels im Bikini!«

»Ja, aber ohne dich«, erwiderte der erste.

Silvia hatte nicht mit der Sonne gerechnet, die am Ende dieses Aufstiegs auf sie herabbrannte. Mit der

Sonne, dem Morgenhimmel, dem Horizont, der sich schlagartig vor ihnen auftat, und dem Blick auf andere Gletscher, andere Gipfel. Sie liefen auf dem Grat weiter bis hinter einen Buckel und stiegen in eine überraschend weite, ruhige Hochebene ab. Dort, wo sich der Weg gabelte, blieb Fausto stehen: Der eine Abzweig führte nach Westen zum Castor, der andere nach Osten zu den beiden Liskamm-Gipfeln. Das waren die berühmten Grate, für die Leute aus der ganzen Welt hierherkamen. Ein deutlich größerer Gletscher als der, den sie gerade aufgestiegen waren, fiel zur anderen Seite des Rosa ab, zur Nordseite.

»Ist hier das Felikjoch?«

»Ganz genau.«

»Wir sind also schon auf viertausend Metern Höhe?«

»Ja, schon seit einer ganzen Weile. Und, darf ich vorstellen? Vor dir steht der Gornergletscher in seiner ganzen majestätischen Pracht.«

»Der ist enorm, wo führt der hin?«

»Wo der hinführt? Nach Rodano, Richtung Genfer See. Dann nach Lyon und weiter runter in die Provence.«

»Wow.«

»Mein Vater hat immer gesagt: ›Und jetzt versuch mal, den Schnee von Rodano vom Schnee in der Po-Ebene zu unterscheiden, wenn du das schaffst.‹ Das mit der Wasserscheide hat ihn genervt.«

Das war sie also, die versunkene Stadt Felik, Silvias erster Viertausender. Unter ihnen verschwammen die Täler, die die Sonne gerade erst erfasst hatte, der blaue

Planet, der sich gerade wieder zu regen begann, und um sie herum leuchtete die Oberfläche dieses eisigen Gestirns. Die Grate des Monte-Rosa-Massivs sahen aus wie Messerklingen. Die Seilschaften, die sie erklommen, waren klar zu erkennen. Es war alles so überdeutlich und essenziell, dass sie die Antwort, die ihr Pasang damals gegeben hatte, langsam begriff. Schnee, Wind, Sonne.

»Wie spät ist es?«, fragte sie.

»Sieben. Zeit, Cappuccino zu machen.«

»Steigen wir schon wieder ab?«

»Ja, aber jetzt gehst du vor.«

»Ich würd gern noch ein bisschen bleiben.«

»Nächstes Mal. Und jetzt nicht vergessen: das Gewicht nach hinten verlagern und die Fersen fest aufsetzen.«

»Warte«, sagte Silvia. Und ehe sie die Fersen fest aufsetzte, gab sie ihm einen Kuss mitten auf den Mund, diesem Despoten ihrer Seilschaft, trotz störender Steigeisen und des sich verheddernden Seils – dort, wo der Schnee von Rodano mit dem der Po-Ebene verschmolz.

28

Ein Vollrausch

Er nannte das »Großreinemachen«, auch wenn es nicht mehr Frühling war. Weil er mit seiner Tochter gestritten hatte, weil die Mutter seiner Tochter nach wie vor nicht zurückkehren wollte, weil Fausto erneut in den Bergen war und ihn hier allein gelassen hatte und weil er vier Monate nach dem Unfall immer noch Schwierigkeiten hatte, sich die Schuhe zu binden, beschloss er, auf seinen altbewährten Trostspender zurückzugreifen. Er begann mit einer Tasse, die er zur Hälfte mit Gin und zur Hälfte mit Wasser aus Fontana Fredda füllte, mit dem heiligen Wasser, das direkt vom Gletscher stammte, um dann den ganzen Augustnachmittag so weiterzumachen, nach und nach jedes Gefühl für Zeit und Maß verlierend. Mal war mehr Wasser in der Tasse, mal mehr Gin, trotzdem schmeckte es immer köstlich nach Wacholder und brannte ihm Rost und Schmutz von der Seele. Dem Ex-Mann, Ex-Forstarbeiter, inzwischen vermutlich auch Ex-Schneeraupenfahrer mit den zwei alten

Hakenhänden und den fettverstopften Adern putzte der Gin alles weg, ihm, Luigi Erasmo Balma, genannt Santorso nach dem irischen Mönch aus uralten Zeiten. Angeblich war dieser Typ von seiner grünen Insel gekommen, um als Einsiedler unter den Gebirglern zu leben. Als Einsiedler, warum auch nicht? Er schaute aus dem Fenster und merkte, dass man, wenn man die Tasse auf die richtige Höhe hob, die sich verkehrt herum spiegelnden Berge darin sah. Nachdem er sich ein weiteres Mal nachgeschenkt hatte, begann sich auch seine Sicht auf die eigene Situation zu verändern. Wenn er sie so im Gin betrachtete, wurden all diese »Ex« Schritte zu einer Befreiung. Er war jetzt von einer Ehe, einer Uniform und von Lohnarbeit befreit, außerdem würde er es auch so schaffen: Gebt mir eine Motorsäge und einen Kartoffelacker, und ich komm schon klar!, dachte er. Seine reizende, vernünftige Tochter hatte ihm die Zigaretten weggenommen, wusste aber nichts von der Zigarre, die er in der Schublade aufbewahrte. Das hier schien ihm der ideale Anlass dafür: die Befreiung Santorsos, des Schutzpatrons der Einsiedler. Gebt mir eine Grotte, einen Felsvorsprung – die Natursteinmauer zieh ich dann schon selber hoch! Er nahm einen Zug von der Zigarre, und der köstliche Tabakgeschmack vermischte sich mit dem des Wacholders, den er noch im Mund hatte.

In diesem Moment fiel sein Blick auf den ausgestopften Birkhahn an der Wand. Er stellte die Tasse ab, nahm ihn herunter und trat in die Nachmittagssonne hinaus. Draußen kehrten die Touristen von ihrer Wanderung zurück, die Kinder spielten zwischen Heuballen auf den Feldern. Noch schaffte es Santorso, einen Hammer zu umklammern: Er nagelte den Birkhahn an den Lärchenstamm vor seinem Haus. Dann ging er wieder nach oben und trat auf den Balkon, um sein Werk zu begutachten, wieder mit der Tasse in der Hand und der Zigarre zwischen den Zähnen. So, jetzt bist du frei, flieg, Gebirgshahn, rauf dich mit irgendeinem Macho aus dem Nebental, such dir eine hübsche Henne und mach viele Küken mit ihr! Keine Ahnung, warum er in dreißig Jahren nie daran gedacht hatte, ihn zu befreien; in diesem Moment fand er es einfach nur selbstverständlich, ihn da draußen zu sehen. Am Ende der Wiese gingen Blondinen im Unterhemd spazieren. Wo wollten die bloß hin, ohne ihn auch nur zu grüßen? Wären die Blondinen nicht gewesen, wäre er niemals auf die Idee gekommen. Ach Quatsch!, dachte er. Du bist kein bisschen frei. Du wirst immer an deine Lärche genagelt bleiben. Genau wie dieser alte Mann hier.

Er ging wieder ins Haus, betrat den Stall und kam mit einem Zwölfkaliber wieder heraus. Einer Doppelflinte mit Vogel-Munition. Mal sehen, ob ich noch was tauge!, dachte er und öffnete und schloss die rechte Hand, um die Finger zu lockern. Na, mein lieber Hahn, weißt du noch? Das ist immer noch die vom letzten Mal. Er legte die Doppelflinte an. Zum Glück musste er beim Zielen ohnehin ein Auge zukneifen, sodass von den zwei Hähnen, die er sah, bloß einer übrig blieb. Der Zeigefinger seiner Rechten schaffte es, zu drücken, was er drücken musste. »Peng!«, machte die Zwölfkaliber. »Peng!« Zwei Schüsse mitten im August, die man bis nach Tre Villaggi hinunter hörte, und die erschreckten Mütter rannten hinaus, um die Kinder von den Wiesen zu holen.

29

Ein Steinhaufen

Zwei Städterinnen kamen wenige Tage nach Ferragosto zur Quintino-Sella-Hütte herauf. Sie hatten einen Bergführer engagiert, der sie begleitete, und waren langsam aufgestiegen. Einen ganzen Vormittag und einen Teil des Nachmittags hatten sie gebraucht. Sie wollten keine Gipfel bezwingen, sie waren bereits am Ziel: An der Schutzhütte verabschiedeten sie sich von dem Bergführer, der sich beeilte, die letzte Seilbahn zu erwischen, und belegten ihre Plätze im Bettenlager. Am Telefon hatten sie nach einem Doppelzimmer mit Bad gefragt – eine von diesen Fragen, über die man sich in der Küche totlachte, dabei war das noch nicht einmal die komischste. Die beiden Frauen gaben sich mit einem Stockbett zufrieden, breiteten Laken und Decke aus und kehrten dann zum Teetrinken in den Saal zurück: eine im Rollkragenpulli, die grauen Haare zusammengebunden, die andere, blonde, die sich die Hände an der Tasse wärmte, mit Ohrringen, die so gar nicht zu den Plastikschlappen der Hütte passen wollten. Silvia fielen sie gleich beim Herunterkommen auf. Was waren denn das für welche? Gähnend band sie sich die Schürze um und sagte: »Hallo, Freitag.«

»Ciao, Waldfrau.«

»Was gibt's heute Abend zu essen?«

»Nudeln mit Tomatensoße oder Gemüsecremesuppe. Als Hauptspeise Gulasch mit Kartoffelpüree oder Spinatquiche.«

»Wann machst du uns endlich *Dal Bhat*?«

»Im September.«

»Alles im September, was?«

Die Hütte war proppenvoll. Abends wurde in zwei Schichten gegessen, um halb sieben und um halb acht, sodass es bis neun keinerlei Verschnaufpause gab. Danach waren die Bäuche der Bergsteiger gefüllt, und die Arbeit wurde endlich weniger. Einige gingen hinaus, um den Gletscher und die Sterne zu betrachten, andere spielten Karten und tranken ein letztes Glas. Nur wenige bestanden darauf, die Ausrüstung für den nächsten Tag zu kontrollieren. Nun fielen Silvia die beide Frauen wieder auf: Dufour saß bei ihnen am Tisch und erklärte ihnen etwas anhand einer Karte. Sie hatte noch nie erlebt, dass er sich zu jemandem setzte, der kein Bergführer war. Wer mochten die beiden also sein? Die Grauhaarige schien sich stärker an dem Gespräch zu beteiligen. Die Blonde blätterte im Gästebuch; ihre Augen waren gerötet, und sie wirkte irgendwie abwesend. Im nächsten Moment fiel bei Silvia der Groschen. Ein Monat war seit jenem

Tag vergangen, Hunderte, ja Tausende Bergsteiger waren seitdem vorbeigekommen. Doch sie wusste, dass es in diesem Gästebuch nichts zu lesen gab: Der Herr, der auf dem Castor gewesen war, hatte nicht einmal seine Unterschrift hinterlassen. Es gab Leute, die füllten ganze Seiten, andere kamen und gingen stumm, so als wollten sie nicht stören. Dufour redete immer noch mit ihnen, als Silvia die Tische fürs Frühstück eindeckte. Dann wurde es Zeit, den Generator auszuschalten und alle ins Bett zu schicken.

»Die Blonde ist die Ehefrau«, erzählte ihr Arianna oben im Zimmer. »Die andere eine Freundin.«

»Ist das immer so, wenn jemand stirbt?«

»Fast immer. Irgendwann schaut eine Ehefrau oder ein Kind vorbei. Trauriger ist es, wenn die Eltern kommen.«

»Dein Vater macht das toll.«

»Er hat es lernen müssen.«

»Als meine Mutter starb, kam der Priester. Ich habe ihn gar nicht erst sehen wollen.«

»War sie denn Kirchgängerin?«

»Von wegen. Die beiden haben sich gehasst. Für sie war die Kirche ein unlauterer Wettbewerber.«

»Dann hast du es richtig gemacht.«

Der nächste Morgen war ruhig und klar, Hochdruckwetter im August. Ohne Wind wirkte sogar der Gletscher wie von dieser Welt. Die beiden Frauen frühstückten und gingen dann hinaus, um die Gipfel und die bereits weit entfernten Seilschaften zu betrachten. Die Blonde schaute sich unweit der Schutzhütte um, musterte die alte Hütte und die Bronzeschilder, die Eissperlinge und die tibetischen Fahnen, als suchte sie etwas, das sie nicht fand. Ihre Freundin saß auf einer Bank in der Sonne, als Silvia mit Eimer und Lappen aus dem Toilettengebäude kam.

»Ciao«, sagte die Frau mit den grauen Haaren.

»Guten Tag.«

»Unglaublich, diese Aussicht hier oben.«

»Das stimmt.«

»Was leuchtet da in der Ferne?«

»Angeblich eine Fabrik in Novara. Die funkelt immer so um diese Uhrzeit. Gäbe es den Dunst nicht, könnte man ein Stück weiter unten Mailand sehen.«

»Mailand?«

Silvia stellte den Eimer ab, um es der Frau zu zeigen. Inzwischen wusste sie, womit sie die Leute beeindrucken konnte: die, die nach oben, und die, die nach unten schauten.

»Sehen Sie die Berge da unten? Der einzelne da ist der Monte Viso, dort liegt Turin. Und diese blaue Linie ist kein Dunst, sondern der Apennin. Dahinter liegt das Meer.«

»Das Meer.«

»Komisch, was, hier oben ans Meer zu denken?«

Die Grauhaarige betrachtete sie genauer. Sie schien erst jetzt zu merken, dass sie mit einer jungen Frau sprach. Auch das kannte Silvia bereits. Man konnte die Leute einen ganzen Abend im Saal bedienen, ohne dass sie einen überhaupt richtig anschauten; man war bloß die Kellnerin, die das Essen brachte. Doch dann genügte ein einziges Wort, eine einzige Geste, um schlagartig völlig anders wahrgenommen zu werden.

»Wie alt bist du?«

»Fast achtundzwanzig.«

»Und seit wann arbeitest du hier?«

»Seit Juni. Das ist mein erster Sommer.«

»Du bist mutig.«

Silvia griff nach dem Eimer. Insgeheim lachte sie. Ja, man brauchte schon eine gehörige Portion Mut, um das Toilettengebäude nach hundertzwanzig Bergsteigern zu betreten, die überwiegend unter Bauchkrämpfen gelitten hatten. Auch sie hatte das anfangs gedacht und nur wenig vom Leben auf der Schutzhütte begriffen.

Mit Ankunft der Blonden war das Gespräch beendet. Sie trug eine dunkle Sonnenbrille, die gut zum Gletscher und ihrer Trauer passte. Silvia machte Anstalten, die beiden allein zu lassen, doch die Frau hielt sie zurück.

»Entschuldigung?«

»Ja?«

»Ich habe mich gefragt, was diese Steinhaufen sollen. Haben die irgendeine Bedeutung?«

»Ja und nein.«

»Das heißt?«

»Den höchsten hat ein Nepalese errichtet, der hier arbeitet. Das ist eine Art buddhistischer Altar zur Befestigung der Gebetsfahnen.«

»Diese Stofffetzen?«

»Ja, aber dass sie zerfetzt sind, macht nichts, im

Gegenteil: Für die Menschen dort sind sie Gebete, die vom Wind verwittert und so dem Himmel zugetragen werden.«

»Und die kleineren Steinhaufen?«

»Die errichten die Leute, die hier vorbeikommen – keine Ahnung, warum.«

»Einfach so?«

Silvia zuckte mit den Schultern. »Nun, die Nachmittage sind lang. Vielleicht ist es ein Zeitvertreib. Oder es soll sagen: ›Ich war auch hier.‹«

Sie merkte, dass sie schon redete wie Pasang. Sie hätte gern noch ein freundliches Wort hinzugefügt, etwas Tröstliches für diese Frau. Aber sie erinnerte sich nicht an deren Mann, das war nun einmal so. Sie hatte es versucht, hatte all die Gesichter dieses Abends noch einmal heraufbeschworen. Doch am nächsten Tag waren neue Gesichter aufgetaucht, und der Vorfall war rasch in Vergessenheit geraten: Irgendetwas war immer, manches davon so bizarr, dass ein simpler Absturz im Nebel nicht lange Gesprächsthema blieb.

»Bist du Buddhistin?«, fragte die Grauhaarige.

»Ich nicht, aber ein Freund von mir.«

Dann sagte sie: »Entschuldigung, aber ich muss weitermachen.«

Später sah sie, wie die beiden dort draußen ihren eigenen Haufen aufschichteten. Zwei Frauen, die Steine auf dem Geröllfeld sammelten, um sie aufeinanderzustapeln. Sie brauchten den halben Vormittag, und es wurde ein schöner, fast ein Meter hoher Turm, der vielleicht stabil genug war, um den Winter zu überdauern. Silvia sah sie noch einmal, als sie zu zahlen versuchten, doch Dufour wollte kein Geld, akzeptierte dafür Trinkgeld fürs Personal. Dann kam gegen elf der Bergführer, der sie wieder hinunterbringen sollte.

30

Die Biwakschachtel

Der Vater hatte Fausto erzählt, dass Wildbäche fünf Stimmen haben, die sich je nach Tageszeit ändern. Jetzt ging die dritte Stimme, die kräftige des Nachmittags, gerade in die vierte über, und bei Sonnenuntergang beruhigte sich der Wildbach, so als hätte man oben eine Schleuse geschlossen. In der Senke zu Füßen des Gletschers war spürbar, dass es bald Herbst würde. Im August hatte das Scheiden-Wollgras geblüht, an einem Hang über dem Morast: weiße Puschel auf Stängeln, die im stehenden Wasser wuchsen und sich auf dreitausend Metern Höhe im Wind wiegten wie ein Baumwellfeld.

In dem halben Blechfass hatte Fausto den Campingkocher angezündet und hackte Zwiebeln mit dem Opinel-Messer, während die Pilze in lauwarmem Wasser einweichten. Aus seinem Rucksack hatte er auch Reis, einen Brühwürfel, Almkäse und eine Flasche Nebbiolo hervorgeholt. Silvia sah ihm vom oberen Bett aus zu und trank Wein. Sie hatten sich dort verabredet: Sie war vom ewigen Winter der Schutzhüte ab- und er vom kurzen Sommer in Fontana Fredda, beziehungsweise von dem, was noch davon übrig war, aufgestiegen.

»Wirst du das Kochen eigentlich nie leid?«

»Nein, im Gegenteil! Das ist etwas, das mich sehr entspannt.«

»Wieso, bist du sonst eher nervös?«

»Nervös nicht, aber ein bisschen beunruhigt.«

»Wegen der Arbeit?«

»Das auch. Das dürfte an der typischen Herbststimmung liegen. Ich frage mich, ob ich schreiben soll oder nicht. Und was ich im Winter anfangen soll.«

»Meinst du, Babette macht nicht wieder auf?«

»Ich glaube nicht.«

»Hast du in letzter Zeit irgendwas geschrieben?«

»Ein bisschen, ja.«

»Und wenn du kochst, bist du dann hier bei mir oder nur bei den Zwiebeln und Pilzen?«

»Bei den Zwiebeln und Pilzen und bei dir.«

»Dann ist ja gut. Schenkst du mir noch etwas Wein ein?«

Sie aßen, während es draußen dämmerte. Im letzten Licht des Tages kamen die Gämsen von ihren Felsen und Bergkämmen zum Trinken herunter. Sie hielten sich von der Biwakschachtel fern, machten einen größeren Bogen als sonst. Auch sie kannten die typische Herbststimmung: Das Gras war nun weniger schmackhaft, und irgendwann würden sie den ersten Gewehrschuss hören. Der Mensch wurde sehr gefährlich in dieser Jahreszeit.

Fausto öffnete den Rucksack und zog ein zerknittertes Bündel heraus. »Alles Gute zum Geburtstag. Entschuldige wegen der Schleife.«

»Aber Herr Chefkoch! Damit hatte ich ja gar nicht gerechnet.«

»Umso besser.«

»Was das wohl sein mag?«

»Ein Blumenstrauß. Los, mach auf.«

Aus dem Papier kam eines der schwarzen Hefte zum Vorschein, in die Fausto immer schrieb. Auf der ersten Seite prangte der Titel: *36 Ansichten von Fontana Fredda.* Dann die Widmung: *Für meine Polarforscherin, in Liebe, F.* Es folgten kurze, handgeschriebene Kapitel in einer Schrift, die sich um Lesbarkeit bemühte. Silvia blätterte weiter: Eines handelte von einem Hotel, das vom Blitz getroffen wird, eines von spätem Schnee, ein anderes vom Holzfällen und immer so weiter.

»Und ob du was geschrieben hast!«

»Malen kann ich leider nicht.«

»Bist du sicher, dass das für mich ist?«

»Aber natürlich ist das für dich. Das ist ein Unikat.«

»Ich weiß nicht, ob ich das verdient habe.«

»Und ich, hab ich einen Kuss verdient?«

Keine Ahnung, warum sie es immer bei Kälte treiben mussten. Die Biwakschachtel war eng und unbequem, hatte aber mit Sicherheit in ihrem langen Leben schon mehr als ein Liebespaar erlebt, stets noch halb angezogen, sonnenverbrannt, mit müden Beinen, fettigen Haaren und strengem Körpergeruch, denn so waren die Liebenden in den Biwakschachteln und Schutzhütten nun einmal. In der Senke wurde es dunkel, und die Temperatur fiel um einige Grad. Nur der Fels strahlte die tagsüber aufgenommene Hitze ab, war lauwarm in der Nachtluft.

»Wie ging die Geschichte von der fortgewehten Biwakschachtel noch gleich?«, fragte sie.

»Die geht folgendermaßen: Es war einmal eine kleine Biwakschachtel, genau wie diese hier. Ein Typ ließ sie im Herbst zurück und vergaß, die Tür zu schließen. Im Frühling war dann bloß noch das Betonfundament übrig. Das ist übrigens meine Geschichte.«

»Stimmt doch gar nicht!«

»Was hast du im Herbst vor?«

»Im Oktober kommt die Apfelernte.«

»Ach ja, stimmt, da ist Apfelsaison.«

»Und danach weiß ich noch nicht. Ich bin achtundzwanzig und sollte mich langsam mal entscheiden, was ich mit meinem Leben anfangen will.«

»Und wenn wir uns was suchen, das wir pachten können, du und ich? Wär das nichts?«

»Eine Hütte?«

»Ich spiele schon länger mit dem Gedanken.«

»Lass hören.«

»Ich koche, und du stehst hinterm Tresen. Etwas Kleines, das man zu zweit führen kann.«

»Koch und Kellnerin?«

»Warum nicht?«

»Du bist ein unverbesserlicher Romantiker.«

Liebende in einer Biwakschachtel: er ein unverbesserlicher Romantiker, sie mit der Frage beschäftigt, was sie mit ihrem Leben anfangen soll. All das diskutierten sie auf einer schwebenden Pritsche, die noch nicht mal ein richtiges Bett war, in einer den Elementen ausgelieferten Behelfsunterkunft. Doch Fausto spielte tatsächlich schon länger mit diesem Gedanken, er hatte alles sorgfältig geplant. Schon erzählte er ihr von leer stehenden Schutzhütten, von solchen, die schon seit Jahren geschlossen waren, von Schutzhütten abseits der ausgetretenen Pfade, von kleinen, tiefer gelegenen Schutzhütten. Sie konnten eine pachten und gemeinsam wiedereröffnen. Was man dafür können musste, hatten sie schließlich inzwischen gelernt. Wenn das kein Heiratsantrag war, was dann? Viel fehlte jedenfalls nicht.

An ihn geschmiegt, unter einem Schlafsack, der nur mit Ach und Krach beide zudeckte, hörte Silvia ihm zu. Schon wieder preschte er vorwärts. Wie damals auf dem Gletscher, als er vorneweg rannte, ohne sich umzudrehen, und das Seil an ihrem Klettergurt zerrte. Aber der Abend war zu perfekt, um ihn mit Einwänden zu ruinieren. Sie stellte sich vor, einem Märchen zu lauschen oder einer seiner typischen Mann-Frau-Geschichten, und noch ehe er geendet hatte, war sie eingeschlafen.

31

Die Lawinenschutzzäune

In der Nacht hatte es gewittert, und am nächsten Morgen enthielt das Glas, das er auf dem Balkon stehen gelassen hatte, eine in zwei Fingerbreit Wasser ertrunkene Fliege. Er schaute in die Ferne, Richtung Felder, und trank den dünnen Kaffee, den seine Tochter ihm gekocht hatte: Das Gras war strohgelb, der Himmel wieder klar und ohne Dunst. Das Licht änderte sich. Es wurde Zeit, ans Holzmachen zu denken. Dann hörte er, wie die Tür zum Bad aufging, und sie kam heraus, mit schwarzer Hose und weißer Bluse samt Hotellogo auf der Brusttasche, die Haare zu einem perfekten Knoten gebunden.

»Arbeitest du auch sonntags?«, fragte Santorso.

»Sonntag, Montag, was macht das schon für einen Unterschied? Und, was hast du für Pläne?«

»Mal sehen, vielleicht schärfe ich die Motorsäge.«

»Heute keine Jagd?«

»Zwingen sie dich, diese Frisur zu tragen? Du hast so schöne Haare, lass sie doch ein bisschen frei.«

»Man nennt das ›offen tragen‹. Ich geh dann mal.«

»Ciao, Kleines.«

Er sah zu, wie sie ins Auto stieg, den ersten Gang einlegte und hinter der Kurve verschwand. Sie fuhr langsam, immer brav rechts, zum Hotel mit dem Schwimmbad. Wessen Tochter war diese junge Frau eigentlich? Dann nahm er den Rucksack und das Fernglas, um ebenfalls aufzubrechen. Er wählte den Weg, den die Holzfäller erst wenige Tage zuvor heruntergekommen waren. Jetzt, wo die Baustelle aufgelöst war, erstrahlte der Wald: Die Äste waren am Fuß der Lärchen aufgehäuft worden, die Stämme aufeinandergestapelt, nach Holzqualität sortiert. Nach einer Regennacht dampften sie in der Morgensonne. Er ging an den mit Holspänen übersäten Hängen vorbei, an den geschwärzten Steinen, auf denen Fausto gekocht hatte, am Forsthaus, wo ihm der Transporter eines Viehbauern begegnete. Der Mann hielt an und fragte, den Ellbogen aus dem Fenster gestreckt: »Gehst du auf die Punta Valnera?«

»Wenn ich es schaffe.«

»Würdest du nach meinen Rindern schauen?«

»Hast du sie dort oben?«

»Zweiundzwanzig. Nicht, dass sie das Gewitter verschreckt hat.«

»Einverstanden.«

»Ah, und wenn du schon mal dort oben bist, bringst du mir ein Huhn zum Mittagessen mit?«

»Leck mich.«

Oberhalb der Waldgrenze fand er einen fast

ausgetrockneten Wildbach vor, nichts als Steine, Fluss-kiesel und Gras, das dafür grüner wurde. Er war das neue Tempo, zu dem ihn seine Beschwerden zwangen, immer noch nicht gewohnt. Er schaffte es einfach nicht, das von früher zu halten, und wenn er schneller wurde, geriet er sofort außer Atem. Mehrmals sagte er sich: Vergiss es, geh runter und schärf die Motorsäge! Dass er doch schon recht weit gekommen war, merkte er, als er Enzian im Gras blühen sah. »Wenn ich so weitermache, schaff ich es noch bis zur Margheritahütte«, sagte er sich. »Schaut euch nur den Alten an, der da hochkommt, werden sie sagen, langsam wie ein Rasenmäher, aber jede Menge Reserven.«

Oben auf der Punta Valnera empfing ihn das Pfeifen der Murmeltiere. Dort, wo der Wildbach einen Teich bildete, entdeckte er an der Tränke die Rinder dieses Quälgeists. Kühe, um genau zu sein, ein bis zwei Jahre alt, die keine Milch gaben und den ganzen August und September auf der Alm blieben, mehr oder weniger sich selbst überlassen. Erst waren sie noch ängstlich und reagierten schreckhaft auf jeden, der vorbeikam. Nach einem Monat waren sie verwildert, und es konnte pas-sieren, dass sie zum Angriff übergingen und nicht leicht wieder zur Räson zu bringen waren. Santorso zählte sie, es waren dreizehn. Sie mussten sich während des Gewit-ters getrennt haben. Er stieg die Magerwiesen hinauf, mit denen das Tal endete, eher eine Art Hang als eine Bergspitze. Auf der anderen Seite hingegen ging es steil bergab, und genau dort hatte man vor ein paar Jahren all die Schutzzäune aufgestellt, nachdem weiter unten gelegene Häuser von einer Lawine gestreift worden waren. Sie sahen aus wie auf den Kopf gestellte, aufgespannte Regenschirme. Hier hatte er seinen Unfall gehabt, aber es ließ ihn kalt, erneut hier zu stehen. Für ihn war das so, als wäre er zu Hause die Treppe hinuntergefallen.

Er fand die Stelle wieder, wo er die Skier verloren hatte, und machte sich auf die Suche. Einer lag im Geröllfeld, das Fell zerfetzt, aber der Ski noch heil, und auch die Bindung war in einem guten Zustand. Der andere war ihm entwischt, der musste weiter unten liegen. Er trat an die Kante und schaute den anderen Hang hinab.

»*Dio faus*«, sagte er laut.

Die neun Kühe waren dort, besser gesagt ihre Kadaver, zwischen Scharen von Krähen. Eine Kuh hatte sich im Lawinenschutzzaun verfangen und war vom Hinterteil bis zum Bauch aufgerissen. Eine nicht beendete Mahlzeit: Kaum waren die besten Stücke verzehrt worden, hatte man sie den Vögeln überlassen, die sich jetzt auf Schnauzen und offene Bäuche stürzten. Die Kühe trugen noch ihr Halsband mit Glocke und die gelben Ohrmarken, manche mit steif in die Luft gestreckten Beinen und raushängender Zunge. Selbst im Tod hatten sie sich ihre Tollpatschigkeit bewahrt, die einfach deplatziert war an einem Ort, der nicht den Kühen, sondern den Gämsen und Steinböcken gehörte. Und jetzt eben auch den Wölfen.

Jungen Wölfen!, dachte Santorso. Es sind die Jungtiere, die nur zum Spaß töten. Die Alten töten allein aus Hunger. Das hier war kein einsamer Jäger gewesen, sondern ein ganzes Rudel, das die Rinder methodisch voneinander getrennt, den Abhang hinunter und dann in den Abgrund getrieben hatte. Während der Verfolgung hatte es sich an Bäuchen, Hinterteilen und Eutern festgebissen. Mit diesem Nutzvieh, das sich in der Wildnis weder verteidigen noch fliehen konnte, dürften die jungen Wölfe einen Riesenspaß gehabt haben. Dann hatten sie sich satt gefressen, um anschließend woanders alles zu verdauen.

Der Hubschrauber würde lange kreisen müssen, um dieses Massaker zu beseitigen, doch Santorso hatte es nicht eilig, die Forstpolizei zu benachrichtigen. Die hatte gelacht, als sie ihm das Gewehr abgenommen hatte. Sollten sie doch schauen, wie sie klarkamen! Jetzt entdeckte er den zweiten Ski unweit eines Kadavers; er war weiter weg gefallen und von einem Lawinenschutzzaun aufgehalten worden. Ganz langsam stieg er ab, hielt sich an harten Grasbüscheln fest – in derselben Rinne, in der ihn der Steinschlag erwischt hatte. Er vertraute seinen Händen, und seine Hände enttäuschten ihn nicht. Um ihn herum flogen die Krähen auf und protestierten gegen den Eindringling.

32

Die Apfelernte

Von wegen Obst- und Weingärten: Als Silvia die Fa-
brikmauer im Zugfenster auftauchen sah, wusste sie, dass
sie ihr Ziel erreicht hatte. Eine gelbe schmutzverkrustete
Mauer, hinter der ihr Großvater ein Leben lang malocht
hatte und ihr Vater so lange, bis die Produktion ins Aus-
land verlagert worden war. Nach der Schließung hatte
jemand *Tschüs, fick dich, aber warte auf mich* daraufgesprayt.
Vermutlich war das nicht auf die Fabrik, sondern auf
irgendeine(n) Ex gemünzt, die oder der sich verdrückt
hatte, und seitdem war das Silvias Willkommensgruß,
wenn sie nach Hause fuhr. Sie nahm den Kopfhörer ab,
und das Lied, das sie gerade hörte, brach abrupt ab.

»Ich bin da«, sagte sie zu dem jungen Mann neben ihr.

»Also dann, ciao.«

»Danke für die Musik.«

»Gern geschehen.«

Sie holte den Rucksack aus dem Gepäcknetz, lief
durch den Gang und stieg zusammen mit den Schülern

und Pendlern aus. Erstaunt stellte sie fest, wie mild der Septemberabend war, und sah Sandalen und Spaghettiträger, obwohl sie noch wenige Stunden zuvor durch Schnee marschiert war. Sie hatte eigentlich vorgehabt, zu Fuß vom Gletscher abzusteigen, sich ganz langsam von ihm zu verabschieden. Doch an diesem Morgen hatte der Hubschrauber Müll hinuntergebracht, und Dufour hatte einen dieser Tage, an dem man lieber nicht mit ihm diskutierte, so sehr war er mit der Abwicklung der Saison beschäftigt. Irgendwann hatte er auf Arianna und sie gezeigt und gesagt: »Bei der nächsten Tour fliegt ihr mit runter«, und zehn Minuten später hatte sich Silvia auf dem Parkplatz der Seilbahn wiedergefunden. Auf einmal war da kein Gletscher mehr, ganz so, als hätte man sie runtergezaubert. Arianna und sie hatten Telefonnummern ausgetauscht und lose vereinbart, im Frühling gemeinsam zu verreisen.

Sie verließ den Bahnhof, eine Nordpolforscherin, die sich bei jeder Kreuzung sagen musste, Vorsicht, da ist eine Ampel! Sie ist rot, siehst du das denn nicht? Und da ist ein Zebrastreifen. Jetzt waren der Rucksack, den sie geschultert hatte, ihre Schutzhütte und die Füße in den Stiefeln ihre besten Freunde. Füße, die dort oben eine Kunst erlernt hatten, die Zehen, Fersen, Knöchel, Fußgewölbe mit einband, wunderbare Seiltänzer auf Fels und Eis, aber auf dem Asphalt deutlich weniger effektiv als Räder. Da war ihr Viertel, und da waren die beiden Bars an der Piazza, die Bänke der Dealer, die Arbeitslosen, die Weißwein und Campari tranken, das

Jugendzentrum, für das sie eine Zeit lang gekämpft hatte, um ihr Viertel zu einem etwas besseren Ort zu machen. Nach der Wahl einer neuen Gemeindeverwaltung war es anderen übergeben worden, und jetzt sah man sich dort Fußballübertragungen an. Wo waren die Blumen in dieser Eiswüste? Wobei es dort bestimmt auch Blumen gab.

»Was machst du im Herbst, Freitag?«

»Ich fliege zur Trekking-Saison nach Nepal, anschließend verbringe ich etwas Zeit mit meiner Familie. Und du?«

»Nun, ich glaube, ich kehre auch für eine Weile nach Hause zurück.«

Sie war zurückgekehrt, weil sie jetzt so weit war, nach einer Flucht, die ihr ewig vorkam. Fausto würde sie Folgendes sagen: Ich musste erst zurückkehren, bevor ich weitergehen kann, ansonsten bleibe ich immer auf der Flucht. Und da waren auch die Gebäude, Balkone, Innenhöfe, die Skate-Rampen, die für Kinder verboten waren, die Fahrradrahmen ohne Räder und die Müllsäcke, die stanken wie eh und je. Da waren die Polarforscherin, die mit feuchten Augen ihre gesamte Kindheit wiederfand, und ihre Kindheit, die staunte, sie wiederzufinden.

»Silvietta!«, sagte eine Frau, die im ersten Stock Wäsche aufhängte.

»Ciao, Melina.«

»Ich habe dich schon lang nicht mehr gesehen, bist du wieder da?«

»Ja, für kurze Zeit.«

»Wo kommst du denn her mit diesem Rucksack?«

»Aus den Bergen.«

»Da dürfte es angenehm kühl sein.«

»Geht schon.«

»Vergiss nicht, deinen Vater von mir zu grüßen, ja?«

»Natürlich.«

Sie nahm die Treppe statt den Lift, und für dieses Jahr sollte die Wohnung im fünften Stock ihr letzter Gipfel sein. Fünf Stockwerke, hundertzwanzig Stufen, siebzehn Höhenmeter und ein paar Zerquetschte. Die Beine waren ausdauernd geworden, und es wäre zu schade, das Training zu vernachlässigen. Die Polarforscherin erreichte die Haustür, die Tür zu der Wohnung, die jetzt ihrem Vater gehörte. Kurz kam ihr das Felikjoch in den Sinn, die messerscharfen Grate und der Gletscher, der jenseits davon abfiel. Fausto, der sagte: »Und jetzt versuch mal, den Schnee von Rodano vom Schnee in der Po-Ebene zu unterscheiden.« Sie bat diese Erinnerung, ihr den Mut zu schenken, den sie jetzt brauchte. Dann klingelte sie, strich sich die Haare hinters Ohr und lächelte, während sie den Spion fixierte wie die Mädchen die Kamera in Fotoautomaten.

33

Der Kartoffelacker

Fausto litt unter der Schlaflosigkeit derer, die eine Entscheidung treffen müssen. Er lauschte dem Regengetrommel auf dem Dach, schloss die Augen und nickte möglicherweise noch einmal kurz ein, aber als es hell wurde, war er es leid, sich hin- und herzuwälzen. Er stand auf und legte trockene Zweige in den Ofen. Draußen nieselte es, die Wolken verhüllten die Wälder, und wegen des niedrigen Luftdrucks füllte sich die Küche mit Rauch. Eine halbe Stunde später kehrte er ans Fenster zurück und sah den Schnee inmitten der sich lichtenden Wolken. Da war er wieder. Oberhalb von zweitausend Metern blieb er liegen, Septemberschnee, der in der Sonne schnell dahinschmelzen würde, aber doch unverkennbar Schnee. Er versuchte, sich an den letzten Schneefall im Frühling zu erinnern, das musste Anfang Juni gewesen sein. Zwischen damals und jetzt dürften also gerade mal drei Monate gelegen haben. Genau wie es Santorso einmal prophezeit hatte: drei

Monate Kälte, neun Monate Eiseskälte. Er kam zu dem Schluss, dass es jetzt vorbei war mit dem Herumvagabundieren: Jetzt brach die Zeit des Ofens an, der Vernunft und der Pläne für den Winter. Daher beschloss er, zur Bankfiliale abzusteigen. In Tre Villaggi gab es einen einzigen Bankangestellten, der zweimal die Woche seinen Schalter öffnete. Er war freundlich und geduldig, gab Fausto alle Informationen zu kurzfristigen Darlehen und stellte ihm anschließend ein paar Fragen zu seinen Einkünften, seinen Immobilien, den Garantien, die er ihm anbieten konnte. Fausto besaß keinerlei Garantien. Der Angestellte kontrollierte seine Kontobewegungen, zog die Brauen vor dem Bildschirm hoch, machte auf einem Blatt eine Aufstellung mit Ratenzahlungen und Zinsen, bat ihn um den Personalausweis, damit er eine Fotokopie davon machen konnte. Fausto schämte sich für das Wort *Schriftsteller*, das er darin hatte eintragen lassen; für die Bank wäre das Wort *Koch* deutlich besser gewesen. Am Ende belief sich die Summe, die man ihm ohne größere Probleme leihen konnte, auf fünfzehntausend Euro, rückzahlbar innerhalb von fünf Jahren. Zusammen mit dem Geld, das er noch auf dem Konto hatte, waren das siebenundzwanzigtausend. Er würde sich wieder verschulden müssen, doch zumindest konnte er es sich leisten, sich selbstständig zu machen, ohne dass ihm das Wasser bis zum Hals stand. Er verließ die Bank besser gelaunt, als er sie betreten hatte. Fausto war nach wie vor Schriftsteller, jemand, der, kaum dass er zu Geld kam oder auch nur welches in Aussicht hatte, den Wunsch verspürte, es auszugeben. Deshalb schaute er bei der Eisenwarenhandlung vorbei, um sich etwas zu gönnen. Er kaufte sich eine neue Axt mit einem Griff aus Eschenholz und einem schweren Blatt zum Holzhacken. Als er nach Fontana Fredda zurückkehrte, war es noch keine elf Uhr, die Wolken stiegen in Fetzen auf und gaben weiter oben, jenseits des regennassen Waldes, die von dem Fingerbreit Schnee bedeckten Almen frei.

Gemma war auf dem Kartoffelacker, um nach ihren Pflanzen zu sehen. Fausto ließ sich am Straßenrand nieder. »Ciao, Gemma«, sagte er.

»Guten Tag.«

»Magst du den Schnee?«

»Nein, ich habe zu viel davon gesehen.«

»Aber er ist nützlich, stimmt's?«

»Im Dezember, ja. Aber im September ist er einfach nur beschwerlich.«

»Und oben auf den Almen, wie kommen die Kühe da zurecht?«

»Bei Schnee gehen die gar nicht raus. Heute fressen sie Heu.«

»Das wusste ich gar nicht.«

Zu gern hätte er gefragt: Gemma, glaubst du, es ist eine gute Idee, einen Kredit über fünfzehntausend Euro aufzunehmen, um ein verlustträchtiges Lokal zu übernehmen? Wenn ich koche, einen Angestellten weniger beschäftige und die Preise ein bisschen erhöhe, kann ich es dann schaffen? Würde ich einen Euro mehr fürs Arbeitermenü bekommen?

Doch stattdessen sagte er: »Und, alles in Ordnung mit den *trifolle*?«

»Sprichst du Dialekt?«

»Ein paar Worte.«

»Ein Schriftsteller, der Dialekt spricht!«

»Dann weißt du ja, was ich mache.«

Gemma erwiderte nichts. Sie senkte den Blick und strich zärtlich über die Blätter einer Kartoffelpflanze, als wollte sie sie vom Regen trocknen. Um sie nicht weiter in Verlegenheit zu bringen, sagte Fausto: »Hör mal, hast du Holz? Schau nur, was für eine schöne Axt ich gekauft habe.«

»Die ist schön.«

»Wenn du willst, bring ich dir zwei Schubkarren voll.«

»Ich hab noch, ich hab noch.«

Das stimmte nicht oder zumindest nicht ganz, da Gemmas Kamin an diesem Morgen nicht geraucht hatte. Sie musste wirklich eine extra Schutzschicht besitzen, um an so einem Tag nicht den Ofen einzuheizen. Er beschloss, ihr trotzdem etwas vorbeizubringen, stand auf und zog los, um sich mit seiner neuen Axt zu vergnügen.

34

Die Rückkehr einer Flamme

Jetzt hast du doch glatt den Sommer verpasst!, sagte sie
sich, als sie das kleine Plateau erreichte. Den von Fontana Fredda, der kein Sommer war, sondern ein Frühling, der auf seinem Höhepunkt direkt in den Herbst
überging. Man merkte, wann es so weit war, denn im
Hochgebirge verschwand der Schnee, der die Wildbäche
speiste, und kurz darauf wurde das Gras auf den Wiesen
gelb. Babette hatte die Juniblüte verpasst, nachdem sie
sie fünfunddreißig Jahre lang sehnsüchtig erwartet hatte:
Von Glockenblume, Löwenzahn, Vergissmeinnicht und
Schafgarbe waren jetzt nur noch gemähte, gedüngte Felder übrig und vom Weidenröschen die trockenen Stän-
gel an den Ufern. Sie sperrte das Restaurant auf und
fand es so vor, wie sie es im Winter zurückgelassen hatte:
sogar noch mit den letzten Tassen in der Spüle und den
letzten Bestellungen, die neben der Kasse hingen. Hinzu
kam die vertraute Unordnung, die sie immer mal wieder zu bändigen versucht hatte. Am Ende hatte dann

doch stets die Unordnung gesiegt und ihre Angewohnheit, sich auszubreiten, aus Gebrauchs- Begleitgegenstände zu machen. Auf einen der Tische legte sie zwei Schlüsselsets und den Umschlag mit dem Pachtvertrag. Sie schaltete das Licht an, das Radio, die Kaffeemaschine, und das Restaurant erwachte zu neuem Leben. Sie füllte eine Karaffe mit Wasser und versuchte, dasselbe Wunder an den armen Pflanzen auf der Terrasse zu vollbringen. Ein halbes Jahr lang hatte niemand daran gedacht, sie ab und an zu gießen. Während sie die Rosen und Lupinen wässerte, betrachtete sie die verrammelten Ferienwohnungen, die im Wind schaukelnden Sitze des Sessellifts, den Rauch aus den Kaminen der Almhütten und die mit Schnee bestäubten Gebirgskämme. Ihre Tania Blixen fiel ihr wieder ein, nicht wegen *Babettes Gastmahl*, sondern wegen *Jenseits von Afrika*, der Stelle, wo es heißt: *»Ich weiß ein Lied von Afrika, dachte ich, von den Giraffen und vom afrikanischen Neumond, der auf dem Rücken liegt, von den Pflügen auf dem Acker und von den verschwitzten Gesichtern der Kaffeepflücker. Weiß Afrika auch ein Lied von mir?«* Und Fontana Fredda, wusste es ein Lied von ihr?

Santorso brauchte keine Viertelstunde, bis er ihre Rückkehr bemerkte. Leicht hinkend kam er die Stufen zur Terrasse hoch. »Hast du geöffnet?«, fragte er.

»Nein.«

»Auch nicht für einen Kaffee?«

»Den Kaffee geb ich dir aus. Aber die Bar ist geschlossen.«

»Soll ich mich hierhinsetzen?«

»Wieso? Wolltest du etwa reingehen?«

»Nein, nein, draußen ist schon gut.«

»Nimm Platz. Die Maschine heizt sich gerade auf. Ein bisschen Geduld.«

»Ich hab's nicht eilig.«

Santorso setzte sich an einen der Plastiktische neben den geschlossenen Sonnenschirm. Als Babette ins Restaurant zurückkehrte, kam er nicht umhin, ihr auf den Hintern zu starren. Auf diesen Hintern, der vor fünfunddreißig Jahren, kaum dass er aus dem Bus gestiegen war, das ganze Tal hatte kopfstehen lassen. Er wirkte straffer als im Winter, und während er sie heimlich durchs Fenster beobachtete, fiel ihm auch auf, dass ihre Züge entspannter waren. Sie hatte wieder Sommersprossen. Seit wann hatte er die nicht mehr gesehen? Vermutlich seit den Sommern auf der Alm. Bei ihrer hellen Haut und den roten Haaren hatte sie sich dort oben jedes Mal einen Sonnenbrand zugezogen. In den letzten Monaten hatte er sich oft gefragt, ob sie wohl einen anderen hatte, an dem Ort, an den sie verschwunden war, und jetzt schaute er ihr zu, wie sie die Tassen spülte, auf der Suche nach Anzeichen dafür. Schauen wir mal, du alter Bulle, ob du noch in der Lage bist, eine verliebte Frau zu erkennen! Babette drehte den Wasserhahn auf, vergaß es, notierte sich etwas auf einen Zettel, ließ eine Tasse ohne Kaffee durchlaufen, um die Maschine zu reinigen. Dann bemerkte sie den laufenden Wasserhahn, als hätte ihn jemand ganz anders aufgedreht. Mit Liebesdingen kannte sich Santorso nach wie vor nicht besonders gut aus. Eher mit Schneehühnern und Wieseln. Irgendwann kam sie mit zwei Tassen Kaffee, einem Glas Wasser und der Brandyflasche heraus. Sie stellte das Tablett auf den Tisch und nahm ihm gegenüber Platz.

»Ciao, Luigi«, sagte sie.

»Ciao, Betta.«

»Ich hab gehört, es geht dir nicht gut.«

»Haben sie dir's erzählt?«

»Allerdings. Und wie geht es dir jetzt?«

»Es wird langsam.«

»Also etwas besser?«

»Doch, ja.«

Er öffnete und schloss die Faust, ohne ihr die beiden krummen Finger zu zeigen. Sie gab Zucker in den Kaffee, er einen Schuss Brandy in seinen. Alles genau wie früher: Sie waren ein altes Paar an einem Tisch im Freien, in einem Gebirgslokal in der Nebensaison. Er zermarterte sich den Kopf nach einem Kompliment und sagte: »Du hast beim Heumachen gefehlt.«

»Beim Heumachen? Ich dürfte vor zehn Jahren das letzte Mal dabei gewesen sein.«

»Vor zehn Jahren? Wie die Zeit vergeht!«

»Und wie war das Heumachen?«

»Schrecklich. Überall wächst Hahnenkamm. Wenn man den nicht wegmäht, bevor er seine Samen verbreitet, wird es im nächsten Jahr noch schlimmer.«

»Deswegen hast du vorzeitig gemäht?«

»Ja, aber wenn ich der Einzige bin, bringt das gar nichts.«

»Wieso das?«

»Die Samen werden vom Wind verteilt.«

»Verstehe. Du wirst sie also überreden, früher zu mähen.«

»Ganz genau.«

Sie trank erst das Wasser, dann den Kaffee. Wer weiß, wo sie sich das angewöhnt hatte. In Griechenland, in Spanien? Wo trank man Wasser zum Kaffee? Er leerte seine Tasse und gab dann noch einen Fingerbreit Brandy hinein, um sie auszuspülen. Die Zigaretten ließ er stecken, was nicht unbemerkt blieb. Ob er mit dem Rauchen aufgehört habe? Also sei er doch nicht völlig durchgeknallt.

»Weißt du schon, dass die Wölfe wieder da sind?«, sagte er.

»Dann ist es also wahr?«

»Ja. Ganz schön viele sogar.«

»Nun, sollen sich die Wölfe diesen Ort doch zurückholen, findest du nicht auch? Es ist sowieso kaum noch jemand da.«

»Stimmt es, dass du das Restaurant aufgibst?«

»Ich gebe es nicht auf, ich verpachte es.«

»An Faus?«

»Du weißt ja schon alles.«

»Und was machst du?«

»Ich eröffne einen Blumenladen.«

Santorso schaute sie an. Er entdeckte eine vertraute Röte unter den Sommersprossen. Vor vielen Jahren hatte er eine Frau geheiratet, die nicht lügen konnte.

»Du lügst«, sagte er. Babette brach in lautes Gelächter aus. Meine Güte!, dachte er, wenn sie lachte, war sie wieder siebzehn. Er wollte schon fragen, ob er sie küssen dürfe, als sie aufstand, ihm die Flasche und die Tasse daließ und in ihr Restaurant zurückkehrte, um noch etwas Unordnung zu schaffen, bevor sie es übergab.

35

Die Holzversteigerung

Im Oktober erblühte der Wald im Gelb der Lärchen-
röhrlinge, im Rot der Fliegenpilze. Vom berauschenden
Sommerduft war nur noch ein Hauch hinter dem von
Pilzen, Moos und welkem Gras zurückgeblieben. Die
aufeinandergestapelten Baumstämme waren vermessen
und nummeriert worden, fünf Kubikmeter pro Klafter,
ein jedes mit einer eigenen Nummer auf dem größten
Stamm. Es waren mehr als zweihundert, doch am Tag
der Versteigerung tauchten gerade einmal sechs Leute
auf. Unter anderem der Besitzer der Rinder, die von
den Wölfen gerissen worden waren. Er diskutierte mit
dem Förster, der für den ordnungsgemäßen Ablauf sorgen sollte.

»Wenn die *mich* angreifen, warum darf ich dann nicht
auch sie angreifen, kannst du mir das bitte erklären?«

»Die greifen nicht dich an. Die greifen das Vieh an.«

»Das ist doch dasselbe.«

»Das ist nicht dasselbe. Außerdem habe ich das nicht

zu entscheiden. Das ist eine geschützte Art. Du kassierst die Ausgleichszahlungen, und gut ist.«

»Ausgleichszahlungen! Von diesen Ausgleichszahlungen kann ich höchstens einen Kaffee trinken!«

»Jetzt hör schon auf, die Wölfe sind bestimmt nicht das Problem.«

Um neun stellte die Gemeindeangestellte fest, dass man anfangen konnte. Sie begann mit dem Klafter Nummer eins, der unverkauft blieb. Unverkauft blieben auch Nummer zwei und drei. Als Ausgangspreis waren hundert Euro pro Klafter festgelegt worden. »Bietet jemand auf die Nummer vier?«, fragte sie. Aber in den ersten dreißig, vierzig Klaftern war Tannenholz enthalten, das niemand wollte. Es war schiefes, harziges Holz, das die Kaminrohre verrußte, und weil es Holz im Überfluss gab, nahm man lieber Lärche, die besser brannte. Daher musste die Angestellte ein schönes Stück Weg zurücklegen und umsonst Nummern ausrufen.

Fausto hatte das Gefühl, die Sommertage noch mal zu durchleben. Jetzt, wo man in dicken Jacken herumlief, war kaum zu glauben, dass es dort oben warm gewesen war. Die Wärme und die Leichtigkeit der Julitage, die Lagerfeuer, die harzverklebten Hände, der Fuchs, der zwischen den Kartoffelschalen gewühlt hatte, die sägemehlbestäubten Haare der Holzfäller – alles kaum zu glauben. »Hallo, Koch!« Dann die Wanderungen zu Silvia auf der Schutzhütte. Die Fragen der Gemeindeangestellten wurden zu einem Singsang. »Bietet jemand auf die Nummer zweiundvierzig?« – »Bietet jemand auf die

Nummer dreiundvierzig?« Einen ganzen Sommer hatten sie geschuftet, und jetzt war das Holz nicht mal zwanzig Euro pro Kubikmeter wert.

»Und, wie wirst du es nennen?«, fragte Santorso. »*Dio Faus?*«

»Nein, nein, es bleibt *Babettes Gastmahl.*«

»Ohne Babette?«

»*Ich* bin dann Babette.«

»Und deine Freundin, arbeitet die auch mit?«

Fausto trat nach einem Pilz, den jemand abgeschnitten und mit der Kappe nach unten liegen gelassen hatte. Keine Ahnung, was das sollte. Erst vor wenigen Tagen hatte er mit Silvia telefoniert, aber ihre Reaktion war anders ausgefallen als erwartet.

»Na ja, wenn sie Lust hat.«

»Wieso, hat sie keine Lust?«

»Da soll mal einer die Wünsche der anderen verstehen.«

»Wem sagst du das.«

Sie waren nicht mehr weit vom Forstweg entfernt, als bei den Gebirglern wieder Wünsche geweckt wurden. »Bietet jemand auf die Nummer siebenundfünfzig?« – »Ich«, sagte jemand. »Bietet jemand mehr?« Niemand. Das war keine richtige Versteigerung, da man sich untereinander abgesprochen hatte. Jeder kaufte die fünf Klafter, auf die er ein Anrecht hatte, zum Ausgangspreis, an dem Ort, der mit dem Traktor am besten erreichbar war. Santorso kaufte seine weiter oben, in der Sonne, wo die Lärchen weniger Jahresringe und rotes, hartes Holz

hatten. Fausto wiederum kaufte die Nummer hundertacht, weil ihm die Zahl gefiel.

Santorso sah ihn traurig an. »Nimmst du nur einen?«

»Na klar.«

»Nimm noch vier, komm schon.«

»Und was soll ich damit?«

»Wenn wir Kleinholz daraus machen, lässt es sich gut
verkaufen. Ich helfe dir. Dann haben wir was zu tun,
bevor der Winter kommt.«

»Wenn du es sagst.«

Er nahm fünf, von Nummer hundertacht bis Nummer hundertzwölf. Es war seltsam, all diese Bäume zu
besitzen, auch wenn es im Grunde keine Bäume mehr
waren, sondern nur noch aufeinandergestapelte Stämme.
Nachdem die Versteigerung für beendet erklärt worden
war, gab die Angestellte einen Zettel aus, mit dem man
auf der Gemeinde bezahlte. Über hundertsiebzig Klafter blieben unverkauft, die sich im Frühling irgendeine
große Firma zum Schnäppchenpreis holen würde.

36

Die Lärchen

»Ich weiß nicht, ob ich Lust habe, noch einen ganzen Winter Skifahrer zu bedienen«, sagte sie. »Das ist auch nicht das, was du mir vorgeschlagen hast.«

»Aber immerhin etwas«, erwiderte er.

»Wenn ich einfach nur irgendwo jobben will, kann ich auch wieder Biergläser in der Eckkneipe spülen.«

»Die ist dann aber nicht in Fontana Fredda.«

»Fontana Fredda und ich haben keinerlei besondere Beziehung zueinander.«

»Und wir?«

Silvia schwieg. Bereits nach einem Monat in der Ebene kam ihre Stimme von ganz weit her. Fausto hatte selbst schon festgestellt, dass er die Berge unterschiedlich wahrnahm – je nachdem, ob er gerade dort lebte oder weit davon entfernt. Aus der Ferne verschwamm die Wirklichkeit zu einer Wunschvorstellung: Die Wälder, Häuser, Felder, Wildbäche, Tiere und Menschen verwandelten sich in ein Dreieck mit Schnee an der Spitze, in den Berg Fuji am Horizont, wie auf den Bildern von Hokusai.

»Ich möchte ein wenig bei meinem Vater bleiben«, sagte Silvia.

»Natürlich, ich verstehe das.«

»Wie ist es dort jetzt?«

»Still. Weißt du, was traurig ist, wenn der Herbst kommt? Dass man keine Kuhglocken mehr hört.«

»Und was macht man im Oktober so in Fontana Fredda?«

»Holz hacken. Hoffen, dass die Brunnen nicht versiegen. Kartoffeln ernten. Neulich hab ich Gemma geholfen, wir haben vier Zentner aus der Erde geholt.«

»Wer ist Gemma?«

»Meine Nachbarin, erinnerst du dich nicht mehr an sie?«

»Ich glaube nicht.«

Und genau so war es: Das wirkliche Fontana Fredda verblasste schnell bei ihr. Sie sprachen noch über das Restaurant, über das Personal, das es einzustellen galt, und über das Eröffnungsdatum. Gegen Ende meinte Silvia, dass sie es sich noch ein paar Tage überlegen wolle.

»Ich könnte zwei Wochen über Weihnachten kommen. Ich muss ja nicht den ganzen Winter bleiben. Ich komme und helfe dir.«

»Natürlich.«

»Sei nicht beleidigt, bitte.«

»Nein, nein.«

»Was kochst du dir heute Abend Schönes?«

»Für mich allein koche ich nicht gern. Vielleicht hau ich mir zwei Spiegeleier in die Pfanne.«

»Ich hab dich lieb, Chefkoch.«

»Ich dich auch.«

Kurz darauf legte Fausto auf, dort auf dem Balkon, auf dem er gerade stand. Ihre Stimme fehlte ihm jetzt schon. Er betrachtete den Wald und merkte, dass die Lärchenzweige an den Enden gelb wurden. Das waren die Bäume von Fontana Fredda, Bäume der Sonne, des Windes und der Südhänge, die jedoch keinen Frost mochten. Sobald sie ihn spürten, gingen sie in Winterschlaf. Die davon unberührten Tannen behielten ihre Nadeln und verschwendeten keine Energie auf einen Laubwechsel: zwei so ähnliche Bäume und doch zwei so unterschiedliche Strategien, um den Winter zu überstehen. Zuerst verwelkten die Lärchen, die verletzt worden waren – sei es durch Blitz- oder Steinschlag, sei es durch Grabungsarbeiten, bei denen eine Wurzel beschädigt worden war. Danach würde sich der gesamte Wald innerhalb weniger Tage gelb und rot verfärben und in einen langen Schlaf fallen, während das Dunkelgrün der Tannen die Stellung hielt.

Irgendwo hatte Fausto mal gelesen, dass Bäume im Gegensatz zu Tieren ihr Glück nicht suchen können, indem sie irgendwohin aufbrechen. Ein Baum lebte dort, wo sein Same hingefallen war, und um sein Glück zu finden, musste er sich an Ort und Stelle arrangieren und seine Probleme dort lösen, ansonsten starb er. Pflanzenfresser hingegen fanden ihr Glück, indem sie den Pflanzen folgten. In Fontana Fredda war das mehr als offensichtlich: im März unten im Tal, im Mai auf den Weiden in tausend Metern Höhe, im August auf den Almen in ungefähr zweitausend Metern Höhe und dann während des kurzen Herbstglücks, der zweiten bescheidenen Blüte, erneut im Tal. Der Wolf gehorchte einem weniger nachvollziehbaren Instinkt. Santorso hatte ihm erzählt, dass niemand so recht wisse, warum er weiterzog, was der Grund für seine Unruhe war. Er erreichte ein Tal, fand dort unter Umständen sogar jede Menge Wild vor, und dennoch hielt ihn irgendetwas davon ab, sesshaft zu werden. Eines schönen Tages ließ er all die Pracht zurück und suchte sein Glück woanders. Stets in neuen Wäldern, stets hinter dem nächsten Bergkamm, stets dem Duft eines Weibchens oder dem Heulen eines Rudels folgend – vielleicht auch etwas, das längst nicht so offensichtlich war, wobei er »das Lied einer jüngeren Welt« mitnahm, wie Jack London so schön schrieb.

Fausto hingegen war niemand, der in Selbstmitleid ertrank. Er sagte sich, dass Silvia an Weihnachten vielleicht doch noch kommen werde. Und auch das eine oder andere Wochenende, um ihm zu helfen. Es lag an ihnen, einen gemeinsamen Weg zu finden, wenn sie das denn wollten. Dann spürte er die lauwarme Oktobersonne auf der Haut. »Vergeude sie nicht!«, ermahnte er sich. »Vergeude sie bloß nicht«, schlüpfte in seine Wanderstiefel und brach in die Berge auf.

Träume von Fontana Fredda

In dieser Nacht wurden die Brunnen von Fontana Fredda, wie von den Lärchen vorhergesehen, von einer Eisschicht überzogen. Der Himmel war sternenklar, und die Feuchtigkeit bildete Raureif auf dem Boden. Gemma hatte sich gleich nach Sonnenuntergang ins Bett gelegt: Je länger es dunkel blieb, desto länger wurden die Stunden unter der Bettdecke, und dann begann für sie die Zeit der Träume. Die Gegenwart verwirrte sie, aber die Vergangenheit stand ihr beim Einschlafen klar vor Augen. In dieser Nacht träumte sie, dass sie wieder ein Kind war, sie träumte von einem Kälbchen, das sie während des Krieges besessen hatte, und von den Soldaten, die es ihr wegnahmen. Die in der Dorfschule kampierenden Männer erschossen das Kalb, zerlegten es und feierten die ganze Nacht. Wieder hörte sie den Pistolenschuss, sah das Blut im Schnee, wurde von ihrer Mutter umarmt und weinte im Schlaf, bis sie keine Tränen mehr hatte, eine alte Frau von achtzig Jahren, die erneut sieben war.

In einem Zimmer mit fertig gepackten Koffern

träumte Babette von ihrem Lover aus dem Süden. Ein Mann, der für sie da war und auch wieder nicht, halb real und halb eingebildet, aber er hatte es wirklich drauf! Seine Küsse waren heftig, seine Hände sanft. Sie fühlte sich frei, konnte begehren und machen, worauf sie Lust hatte. Der Sex im Traum machte sie fröhlich, es wurde viel gelacht. Bevor es vorbei war, wachte sie auf: Warum mussten ihre Träume eigentlich immer aufhören, wenn es am schönsten war? Sie versuchte ihn noch in die Länge zu ziehen und schaffte es auch irgendwie, aber es war nicht mehr dasselbe.

Santorso schlief im Ginrausch. Kalter Schweiß brach ihm aus, und seine Eingeweide verkrampften sich. Er träumte vom Wolf, den er noch nicht gesehen hatte. Er war in den Bergen, jagte Birkhähne, folgte dem Hund, der ihm abgehauen war, und stand dem Wolf dann im Schnee gegenüber. Ganz ruhig saß er da und schaute ihn an. Santorso packte das Gewehr, das er umgehängt hatte, um es jeden Moment anlegen zu können, doch seine Hände griffen ins Leere. Da fiel ihm wieder ein, dass es ihm abgenommen worden war. Er schaute den Wolf an, der ihn ansah wie einen Trottel, und sagte: »Scheiße noch mal, hast du denn gar keine Angst vor mir? Gleich mach ich eine Pelzmütze aus dir! Los, hau ab, geh wieder dorthin, wo du hergekommen bist!«

Silvia, in ihrem fünften Stock am Rande der Stadt, träumte von der Schutzhütte, vom Gletscher und von dem Hang, der zum Felikjoch führte. Vor ihr befand sich keine Seilschaft. Weder Fausto noch Pasang noch irgendeine Spur, die schon jemand angelegt hatte. Und dennoch kannte sie den Weg. Ganz allein stieg sie diesen Hang hinauf, rammte die Steigeisen in den gefrorenen Schnee, den Eispickel, der den Weg ertastete – die Beine ausdauernd, die Füße trittsicher, kurz davor, ihre versunkene Stadt zu erreichen.

Und Fausto träumte in dieser Nacht von dem alten Mann, von dem vom Malen Besessenen. Er war sicher neunzig Jahre alt und malte auf dem Boden, auf einem Bambusteppich, in einem Zimmer mit Papierwänden: Fausto sah ihn von außen, aber gleichzeitig war er der Alte. Er war so alt, dass inzwischen drei, vier Pinselstriche genügten, um das zu malen, was er im Kopf hatte. Drei oder vier, dachte er, aber nicht einer. Und sagte sich: Ich dürfte mein Metier einigermaßen beherrschen, wenn mir einer genügt, um den Fuji und alles andere zu malen. Eine Tochter war bei ihm, vielleicht auch eine Ehefrau, so jung wie eine Tochter, die ihm das fertige Bild fortnahm und ein neues Blatt hinlegte, liebevoll, aber streng. Versuch's noch mal, bedeutete sie ihm stumm. Sie hatte das schöne lange Haar einer Japanerin, schwarz, glatt und glänzend, frisch gewaschen.

All diese Träume gehörten genauso zu Fontana Fredda wie die vom Wind verwüsteten Wälder, die Klafter unverkaufter Stämme, die im Herbst ausgetrockneten Wildbäche, die Steinböcke, die sich vorwagten, um auf der noch nicht verschneiten Skipiste zu grasen, die dunklen Ferienhäuser, die verdorrten Blaubeersträucher, die langsam gelb werdenden Lärchen, die herumstreunenden

Hirtenhunde und die dünne, sich in den Brunnenbecken bildende Eisschicht. Fontana Fredda war zu exakt gleichen Teilen Realität und Wunschvorstellung. Und über Fontana Fredda ragte der Berg auf, der den Träumen dieser Menschen vollkommen gleichgültig gegenüberstand und nach ihrem Erwachen einfach weiterexistieren würde.

Nach dem Sensationserfolg von
Acht Berge: Paolo Cognetti
über einen unvergesslichen Sommer

Paolo Cognetti braucht eine Auszeit vom hektischen Leben in Mailand und mietet eine Hütte in den Bergen – nicht weit von dort, wo er als Kind die Sommer verbracht hat. Das Leben auf 2.000 Meter Höhe bringt die einfachen Dinge zurück: Holz hacken, Feuer machen, einen Garten anlegen. Endlich hat er Zeit zu lesen, spricht mit den Tieren, hört seltsame Geräusche in der Nacht. Wochenlang trifft er keine Menschenseele – bis aus dem Nebel doch eine Gestalt auftaucht.
Mein Jahr in den Bergen ist zuvor unter dem Titel *Fontane Numero 1* im Rotpunktverlag erschienen.

 PENGUIN VERLAG

>>Ein zeitloser Roman mit dem Zeug zum Klassiker und eine großartige Geschichte über Freundschaft.<< *Vanity Fair*

Wagemutig erkunden Pietro und Bruno als Kinder die verlassenen Häuser des Bergdorfs, streifen an endlosen Sommertagen durch schattige Täler, folgen dem Wildbach bis zu seiner Quelle. Als Erwachsene trennen sich die Wege der beiden Freunde: Der eine wird das Dorf nie verlassen und versucht die Käserei seines Onkels wiederzubeleben, den anderen drängt es in die weite Welt hinaus, magisch angezogen von immer noch höheren Gipfeln. Das unsichtbare Band zwischen ihnen bringt Pietro immer wieder in die Heimat zurück, doch längst sind sie sich nicht mehr einig, wo das Glück des Lebens zu finden ist. Kann ihre Freundschaft trotzdem überdauern?